倡导诗意健康人生　为诗的纯粹而努力

中国诗歌
CHINESE POETRY

2018年度网络诗选

主编○阎志

人民文学出版社
PEOPLE'S LITERATURE PUBLISHING HOUSE

图书在版编目（CIP）数据

2018年度网络诗选/吴春山等著.—北京：人民文学出版社，2018
（中国诗歌/阎志主编）
ISBN 978-7-02-014564-5

Ⅰ.①2… Ⅱ.①吴… Ⅲ.①诗集-中国-当代 Ⅳ.① I 227

中国版本图书馆 CIP 数据核字（2018）第 190316 号

主　　编：阎　志
责任编辑：王清平
责任校对：王清平
装帧设计：叶芹云

出版　人民文学出版社有限公司　http：//www.rw-cn.com
地址　北京市朝内大街166号　邮编100705
印刷　湖北新华印务有限公司
经销　全国新华书店
开本　880毫米×1230毫米　1/32
印张　10
字数　180千字
版次　2018年6月北京第1版　2018年6月第1次印刷
ISBN　978-7-02-014564-5
定价　39.00元

《中国诗歌》编辑部
武汉市江岸区惠济路3号卓尔书店　邮编：430000
发稿编辑：刘蔚　熊曼　朱妍　李亚飞
电话：027-61882316
投稿信箱：zallsg@163.com

如有印装质量问题，请与本社图书销售中心调换。电话：010-65233595

《中国诗歌》编辑委员会

编　委
（以姓名笔画为序）

车延高	北　岛	叶延滨	田　原
吉狄马加	李少君	李　瑛	杨　克
吴思敬	邹建军	张清华	荣　荣
娜　夜	阎　志	梁　平	舒　婷
谢　冕	谢克强	雷平阳	霍俊明

主　　　编：阎　志
常务副主编：谢克强
副 主 编：邹建军

目　录

特别推荐

吴春山博客作品选 …………………………………………… 1
蓝紫微信公众号作品选 ……………………………………… 7
刘岳微信公众号作品选 ……………………………………… 13
巫小茶微信公众号作品选 …………………………………… 19
严彬微信公众号作品选 ……………………………………… 25
敬丹樱博客作品选 …………………………………………… 31
剑男微信公众号作品选 ……………………………………… 37
舒丹丹博客作品选 …………………………………………… 43
霜扣儿博客作品选 …………………………………………… 49
高凯博客作品选 ……………………………………………… 55

博客诗选

古槐之心（组诗）………………………………… 薛松爽　61
惊蛰（外二首）…………………………………… 刘苏　　62
路（外一首）……………………………………… 方楠　　64
远处的火光（外二首）…………………………… 高鹏程　66
梨花开了半树（外二首）………………………… 雨倾城　69
兰花（外二首）…………………………………… 宛西衙内　71
桂花（外一首）…………………………………… 淡若春天　72
星空（外一首）…………………………………… 杨光　　75

暗恋（外二首）	成都锦瑟	76
天空之城（外一首）	微雨含烟	78
流水（外二首）	余燕双	79
谷雨（外一首）	一树	81
过故人墓（外一首）	吴素贞	82
雪落北方（外一首）	辛泊平	83
大雪（外一首）	阿成	85
听雪（外一首）	刘浪	87
子期远	左拾遗	88
不存在（外一首）	杜风	89
白马（外一首）	王馨梓	91
速度（外一首）	韩放	92
小镇的黄昏（外一首）	王彦明	93
只有人类才会热衷于想象（外一首）	胡翠南	95
深秋：想念那片麦（外一首）	杨建虎	96
故乡短章（外一首）	王十二	98
二月（外一首）	雪舟	99
旅途（外一首）	张伟锋	100
我看见了你（外一首）	李桐	101
杜鹃还是布谷	杨章池	102
土地	田地	103
金秀镇	庞白	104
好日子（外一首）	马陈兵	105
信	如月之月	106
雪的梦	莲叶	107
父亲	李继宗	108

微信公众号诗选

春日行（外一首）	阿固	109
札记14号	徐立峰	110

大雪如棺（外一首）	这样	111
鸣蝉（外一首）	冰水	112
喜宴（外一首）	李英昌	114
冬至（外一首）	南蛮玉	115
白云成群（外一首）	龚纯	116
独杆（外一首）	修远	117
诗的沉默（外一首）	鲜例	118
如果你也跟我一样（外一首）	林东林	119
夜宿李庄（外一首）	宋尾	120
数豆子（外一首）	第五洋	122
见空（外一首）	许剑	123
阿弥陀佛（外一首）	槐树	124
生命如何延续（外一首）	潘洗尘	126
永恸之日	庞余亮	128
腾冲	宋琳	129
另一种安魂曲	李笠	130
丧失（外一首）	玉珍	131
夏日午后之梦	玄武	132
苍山下（外一首）	赵野	133
夜鸟	李不嫁	134
三种声音	马叙	135
倒戈（外一首）	梁永周	136
嫁给自己（外一首）	甄凌云	137
少年游	柒叁	139
第一印象（外一首）	王冬	139
摸黑上楼（外一首）	周鱼	141
夜色之重（外一首）	颜梅玖	142
悬空寺（外一首）	笨水	144
咒语（外一首）	冯青春	144
猛虎颂（外一首）	窗户	146

大海	张鹏远	147
最高的品格（外一首）	刘义	148
暖阳（外一首）	小羽	149
河水（外一首）	张作梗	150
春色（外一首）	余秀华	151
深秋以后	周平林	153
另类	郑敏	154
我写的诗	贺蕾蕾	155
一个农村妇女的日常诗意	张伊宁	156
春	辛夷	157
一生就这样	余史炎	157
子非树（外一首）	古草	158
花间集	画眉	159
呼唤	二毛	160
在天地之间自我圆满	林馥娜	161
山中一日（外一首）	蔡小敏	162
黑黑的灌木丛被月光打湿	阮雪芳	163
绝句（外一首）	马宝龙	164
木耳（外一首）	雁无伤	165
笼子	赵力	167
陷	罗燕廷	168
与时间在一起（外一首）	杨角	169
采菊（外一首）	育邦	170
瓷瓶上的花儿	平凡人	172
十二月赠别	艾非	173
空山	裴郁平	174
卖藤椅的人（外一首）	汪抒	174
云和雨（外一首）	赵少刚	176
枯枝（外一首）	孙淮田	178
再生（外一首）	龚学明	179

酒后八行（外一首）	张阿克	180
禅月庵（外一首）	石玉坤	181
火的聚义	蝈蝈	182
病梅记	小米	183
打水漂	朱旭东	184

微信群诗选

尽余欢（外二首）	马占祥	185
高原之树（外二首）	陈人杰	186
2018年的第一首诗（外二首）	林珊	188
镰刀（外二首）	郭晓琦	190
在熙园（外一首）	李满强	192
柔软的事物（外二首）	段若兮	194
歌唱的秘密（外一首）	江一苇	196
小村之歌（外一首）	离离	198
父亲的旧照片	陈小素	199
更古（外一首）	刚杰·索木东	200
遗迹（外一首）	张琳	202
每个枝头都住着一个村庄（外一首）	陈宝全	204
前朝的余孽（外一首）	严琼丽	205
无人知道的萧小姐（外一首）	李昀璐	206
萨雅寺（外二首）	阿卓日古	208
菩提（外二首）	任如意	210
11月12日或泸州月	李顺星	211
夜湘江	陈景涛	212
校园里的跛脚男人	何婷	213
暴露	陈小三	214
金樱子的叶子落了一地	惭江	215
内河的水，流过淡淡的凉	赖微	215
春夜之诗（组诗选三）	李太黑	216

值得	叶来	218
花瓶（外一首）	锦绣	219
酒（外一首）	李若	220
后遗症（外一首）	黄志萍	221
泥草房像神搂着一群庄稼人	陈光宏	223
儿马的爱情	柏君	224
像松塔那样在石头和沙砾中产下时间的卵	刘云芳	225
十一月	冰凌花	226
我仍旧无法深知（外二首）	沈鱼	227
马不停蹄的忧伤	李晃	229
词根：父	雷霆	229
天涯	朱红花	230
趋光性	铃兰花开	231
周围充满花	于海棠	232
低处的重阳	唐月	232
巢	以琳	233
腊八：致释迦牟尼（外一首）	马力	234
像风一样无家可归	野人	235
生死	涂拥	236
真实之美（外一首）	贾丽	237
致屈原	郁芳	238
无根百合	李海芳	239
有所忆（外一首）	雪女	240
一千只白鹤把我的亡灵送回故乡	蒋雪峰	241
桃溪之忆	雪克	242
锄禾	雪慈	242
有雾的早晨（外一首）	山羊胡子	243
雨（外一首）	兰昔	244
城里的羊群	念小丫	246
底线（外一首）	蓝宝石	246

木叶下	江南梦回	248
春夜（外一首）	浅韵凝	248
旧世界如何变成了新世界（外一首）	马路明	249
张掖湿地	苏卯卯	251
镜子	万万	252
过古莲禅寺	刘亚武	253
此际（外一首）	夏杰	254
钩	江浩	255

中国诗歌网推荐精选

夜晚	江非	256
风暴一种	苏省	257
无咎	弥赛亚	257
孤雁儿	杨键	258
烟缕	胡弦	259
死于无声	蓝蓝	260
挪用一个词	张二棍	262
北方那些蓝色的湖泊	阎安	263
渺茫的本体	陈先发	264
我每天都想哭	罗亮	265
每个人都有一座博物馆	阿毛	266
荒漠上的奇迹	李少君	267
江湖宴饮歌	孙文波	267
蜘蛛	西浔	268
树上的鸟窝	大连李皓	269
减少	轩辕轼轲	270
我只想静静地爱你	张建新	271
上了年纪的老父亲	梁书正	273
地铁	宗琮	273
午夜	杨献平	275

散步	许敏	275
钟声不可追	离开	276
没想到你真这么流氓	江耶	278
北京最重要是要会挤地铁	叶延滨	279
回我那个不长"谢"字的小山村	赵琼	280
雪压屋顶	一弦	281
我还是旧的	梦天岚	282
在海淀教堂	王家铭	283
鹅塘札记	施茂盛	284
这是一天中最寂静的时候	宋烈毅	286
对一个小土丘的痴望	一苇渡海	287
葵花街的游戏	小西	287
朗读	阿雅	288
在梅尔顿·莫布雷的孤独	吴友财	289
太古宙：岩群之诗	孙大顺	290
整个下午，他都在擦着那块玻璃	姚彬	291
鸥鹭	西渡	292
高河镇	扶犁	293
太史公祠墓	汪剑钊	294
山中一夜	蒋浩	295
在上海申报馆旧址	刘频	296
对岸，那束光	蒋康政	297
十年	孤城	298
旁注之诗（组诗）	王家新	300
诗歌论	白鹤林	302
看电影	羽微微	303
月光	钱利娜	304
一头牦牛走上了拉萨的街头	鹧鸪	305
书，记忆，镜子和她	戈多	306

吴春山博客作品选

吴春山，1981年生于贵州晴隆。供职于乡镇党委。作品散见于《诗刊》、《星星》、《中国诗歌》、《诗选刊》、《诗歌月刊》、《诗潮》等。

黄昏帖

你看见落叶的枝条比繁茂的树冠
更能撑起
褪去湛蓝的天空

现在,四周瘦下去的是山色
庄稼地的空,不得不容忍,电线杆
悄悄站成一种信仰

仿佛一条小路,也冷静下来
撇开二月风的小性情
它意外窥见了自我的收藏和批判……

这里是贵州西南,村镇结合部
习惯于一个人独处,你才能真正理解
黄昏隐藏的暴力

——还剩下什么?许多事物
终将渐渐被逼向深渊……连同这一日
你虚构的词语,以及被词语策反过的你

黑暗的另一种光芒
——致特朗斯特罗姆

多美呀,被虚无洗过的黑暗
多美呀,黑暗中高贵的想象与自由重逢
风,仿佛还挂在楸树裸露的枝条上
漫游者。马厩
保持着一根稻草般的形状
词和语言达成默契
而时光,是滑入俗套的另一种昭示

接受黑夜狡黠吧,接受它掩埋了一颗星子
这些年来,我习惯于跟自己打赌
一个梦的诞生,或降临
占用过1954年,一位瑞典人,面向大海
用手指在胸前
画过的一次十字

复　调

有时我会爱上街头公告栏上,一则
某人走失的消息
仿佛那个人就是我
仿佛唯有如此,匆忙的我才会驻足
心生惶恐。并小心地领着自己的影子

钻进尘世的视线

有时,我又会爱上这孤绝和困厄。甚至比爱
与我道过晚安的恋人更多一些
至少在这样的深夜,在黑暗猛烈地鼓掌以后
我可以将一种积压已久的声音
释放出来
让整个世界保持安静,并侧耳倾听
这个时代,属于自我的一次复述

山顶的积雪

似乎在于膜拜山的高度,那些雪
迟迟不愿融化
一个人在野外。我想大概是仰视太久,竟让我
产生了幻觉:一定是天空的空,恩赐于这人间
另一种安详的白。这些年来
在山中,牛羊和马匹、放牧的人、采药的人都越来越少
这是否意味着
少有人接近山顶的积雪
它们因此而变得神秘,更加纯粹
它们为山顶那些简单的草木构建了一座白色教堂
也为其中极少的部分提前举行葬礼
而多年以后,因为空茫
在我的回忆中
必定有一只黑色的鸟
在积雪的山顶,暂借过一宿

秋　天

十年前，我写诗
我写到秋天，如何小心翼翼
在一个骑马少年的单衣上
一点一点，加重

十年后的今天，我还在写诗
秋了，我笃信：一片发黄的落叶
终会像一声抽象的鸟鸣般虔诚

再过十年，我想我依旧还会写诗
我只是寄予
一个体内囤积过善恶的人
牵着一只褪去斑纹的豹子
为秋天，打开一扇门

秋夜，观察一只蝴蝶是危险的

直到后一秒的沉浸，推翻前一秒的沉浸
直到更多积压的灰烬，诱供出某些事物的形状
并重新生长

这样的夜晚，聆听秋风是唯一归宿？
这样的夜晚。绝非所有的想象

都趋向于匍匐
你看，一只蝴蝶忽明忽暗
仿佛某一瞬间，你是虚构的
而蝴蝶如此真实

你知道的是，黑暗中的蝴蝶
挥动薄翅，破夜前行
你未必知道的是
一个人，在黑暗中观察一只蝴蝶久了
往往需要，替它承接这个尘世

呈现：时光

"时光有弧形的忧伤"。我为这样的理解
感到诧异。我想我应当到野外去走走
大地上的草木，天际间的星辰
操守着秩序的秘密
——村镇安静下来，远远的，像熟睡的婴孩
路过一道斜坡。我担心走得太快，错过一些
向上生长的事物
现在，越过斜坡。从另一个角度
忽然就看见了内心的险境
被一个幸存者，用来交换草率的昨天

选自吴春山博客（http://blog.sina.com.cn/u/3447635582）

特别推荐

蓝紫微信公众号作品选

  蓝紫，湖南邵阳人。现居广东东莞。出版诗集《别处》、《低入尘埃》等四部及诗论集《疼痛诗学》、《绝壁上的攀援》。中国作家协会会员，东莞市青年诗歌学会副会长兼秘书长，广东文学院签约作家。参加《诗刊》社第29届青春诗会。

密　室

在黑暗中趋于平静,她伸手按住
一个起伏的天宇。虚无从左到右侵蚀
盘旋着不可触摸的踪迹

偶尔也会咆哮着大海的波涛
伸出麦芒的尖利,以刺探人世
她披散着头发
因为爱而潜伏,又因恨而消隐

而明月高挂天际,照耀着她在人间
哭泣或欢笑,为一日三餐耗尽了气力
任凭血管的密林和河流,堵塞,干枯

四季幻变如一张女人的脸,肉体成为精致的牢笼
双腿走过城市的僻壤,栖身于一片银杏叶上
远方的飨宴仍在进行。历史书上
苍蝇与孔雀已互换人生

与君别

此刻我扶着栏杆,克制体内的宿醉
往事闪闪发光。此后,我们将以虚无相拥

面对同一个月亮传递体温,以不能述说的
秘密相互慰藉,躲在相同的孤独里嘲弄生活

时光匆匆,但我还不愿意老去
黑暗始终存在。我们以彼此的爱

拨开生命的雾霾。隔着山脉与河流
行走的背影正温暖一个人的梦境

银　杏

来到这里,鞋跟已粘满尘土
一个远行者的悲欢,正以霾的形式扩散
暗夜的神经联通星光,照耀这一段苦旅

街道上的人群以落叶的轨迹漂泊
黄色的鳞片掩盖体内鲜红的血
为了活着,将脉络伸入尘世

死亡即是归途
面对坠落,它们从不争辩
用飞舞的叶片藏起整个春天

唯以静默拯救虚无,窗外
神秘的力量在地底涌动
光秃秃的枝丫正伸向茫茫天际

庭　院

光线照临砖缝的罅隙,粉尘翩跹
屋顶的蜘蛛孤悬于房梁之上造它的宇宙
砖瓦被时间诋毁,噙满伤痕
蛇蝎般的岁月,将人们逼向孤老

一张张照片之中
青春应声凋落。啊,请打开那扇木门
释放童年和欢乐,记忆从门槛走出
看见我成为自己的不速之客

体内的水珠在眼中刮起风暴,企图抚摸
泥土中祖先的骨骸
四处飘荡的魂魄正纷纷赶回
在一地废墟之上以沧桑为我加冕

内心的交响

车辆呼啸而过的声音,漂浮于空气
降落在心房的幽闭处,房间空荡
孤独正在演奏关于黑暗的狂想曲

一种寂寞看见另一种寂寞等在远处
今天的我已把昨日之我抛下,窗前的葡萄藤

伸出长长的触须,与音乐缥缈缠绕

这些年,异乡与故乡在血液中来回穿梭
细胞与病菌的变奏,骸骨缠绕血肉
心跳的节奏伴着大提琴的尾音,颤动

命运是指挥家,纵然我曾
千方百计想要挣脱,它只给我破碎
并让我与这一刻的虚无紧紧相拥

词　语

啄泥的飞燕,尾巴剪开雨幕后的锦缎
刺绣的桃花美到虚幻,花蕊张开它的罗网

诱使我们走进这牧场的广阔,看鸟儿扇动黑白之翅
翅膀下藏着山脉与河流的绵延

彩色的蝴蝶点亮草地,仿佛顿悟的灵感
在一片词语之中找寻栖息的归处

为了接纳,我打开肉体,这灵魂的墓穴
脑海里飞舞的意念之蛇,期待与它在火焰中结合

它们将穿过灌木丛,越过沟壑
在洁白云层里跳它们垂死的舞蹈

春天的疑问

是岁月催红了梅花?
还是花瓣追赶着岁月?

我一直想不明白

这一丛丛三角梅开了又谢,来年还一样开花
为什么我们日日衰老,不能死后重生?

没有谁来回答
红艳艳的一片三角梅
只管自顾自地开

选自蓝紫微信公众号"疼痛诗学探索"

刘岳微信公众号作品选

　　刘岳，笔名大悲手，1980年出生，宁夏西吉人。2007年出版诗集《世上》，2009年出版诗集《形体》。

雨幕下

抚物知其远近，爱而生悲

早晨没有推迟，它在一场秋天的雨里
将一排平房打开

重获骨骼的衣服再次取得表情
在晾衣绳上
它们
曾触碰过不同的水滴

身　体

写作未能使我快乐，它把毒种在每天的
饭里，光中的木椅
凹痕里也有

我确定不了自己是否获得了疾病

在离开手指的一天
堆满玩具的床铺没有意义

而被我拿掉脸的镜面上，另一种可能是
它爬满别人的表情

我受雇于他们。一个赋闲的
伟大佣人

似乎只余下了时间。在我凝视的高处,命运就像绳索上的
苍蝇,摆动;有时是一枝玫瑰
有时是我的身体

画里话外

黄昏在湖面上堆积,让我想到
掀动的经书。

湖边的长椅靠背上,柳枝正轻轻划动。
我身后。像一把
柔软的帘子刚刚放下来。

把它装裱起来。——如果它是一幅画。——我就不是黑色的
一枚穿过去的子弹。

五 月

我有可靠的爱?我有才华?像一所监狱
在早上咳嗽?

阳光伸进来,戴着一双新的白色的手套?

我被轻轻地摇醒？为了我
磨损的声誉？

一个虚弱的女囚一样的思想？

她无数次地将手放在窗口上，然后，又轻轻地
拿掉的那部分？

加　减

人到中年，就爱一把坐惯了的椅子
手里握一块玉

想呆在下午。想占用一扇
小小的窗户；搭住两只胳膊；关闭，如悬挂的水面

迷信。喜欢女人。被自己当真的声誉
在她们当中

有时是空寂。有时，是一块往下推的石头
拽着起始时的声音

杖 责

有一天,我放下诗
坐在雨后灰白的围裙般忧伤的水塘边
我可能是沉迷的

鱼儿会浮出水面,有时,是我的影子
摇动着水

有时是两个人的

当我放下拐杖,靠着她,不再怀有
任何的悲伤

也可能只剩下我了,坐在秋后
困意渐浓的水塘边
像一粒尘

落入寂静的肺里

经　验

我不卖诗，我并不经营旅馆

如果是一个非要哀悼的深夜，恰恰我在患病，我就在
一本薄薄的书里

带着我的经验。像一个色棍在拥有大量的
情妇之后：很久之后
追忆起她们的快乐，更多的不幸，更深的灾难

抚摸他的磨痕
诗歌也是。那些取自我的，不是我的
那些女人不是我的

只有宽泛的持久的经历：我就是一个写诗的
关闭的旅馆也更像是一个当铺
只亮着一扇窗户

那是落在偷窃者眼底的一块金子
忘记收藏的光

选自刘岳微信公众号"扶书房"

巫小茶微信公众号作品选

　　巫小茶，曾用笔名潇潇枫子，80后，福建莆田人。现居广州。写作诗歌，小说。获第一届张坚诗歌奖年度新锐奖，第二届滴撒诗歌奖，"小小说月刊杯"中国首届闪小说大赛银奖。

猫乱叫

猫乱叫。却不见空山
没有空山的猫
是寂寞。
没有回声在一枚针眼里来回穿梭
没有人为空
打个补丁。猫乱叫。在春里叫，在兜里叫
在针眼里叫，在沉默里叫
所有的回声都来自它胸腔里炸开的
一朵涟漪
湖面上，太阳应声而落
我的心都碎了。

知 己

我曾在一个人的叙述中出现
又悄悄隐匿。它的干净，是失去玻璃的
玻璃窗，我突然感到睫毛和眼睛的矜持

他的声音存在于一个暮春之夜
全然不顾聆听者是否有双
拥戴他的耳朵。他的专注如同
我的呼吸，绝无旁骛

我曾像胸前的纽扣一样出现在
一个人的叙述中。
经历着贴切，或卑微或振荡的故事
不动声色，却偶尔出其不意。

若能无意间击碎一片水
那叫鬼魅，它在远去的某个角落栖息
一双手将它安抚，对它笑而不语
后来，他看见我
在芦苇荡上倾情地飞

我曾……念着一个脸颊微红的词
带着它在池塘中散步。这是我为自己设计的
将来时。此刻
我正仰望千里外的天空
静静聆听，一个人的喃喃自语
他在我左或右……

露　水

露水还没回来。草叶的茸毛
也在等。夜里有个声音
来到它的身旁：
你怎么可以在泥土中躺下，怎么可以把脸
弄得像本皱巴巴的历史书

露水一定是落在人们的睫毛上了

像睫毛一样的长
拉长了
风的叹息

风把草叶的茸毛吹干
这次用上了温柔
和远处雨水的味道
茸毛在夜里闪着光,像一双
已被露水涤净的眼

它的等,是露水洗净人们双眼之后
回来享受
孩子躺在妈妈怀里的
死亡

我们不在彼此之中

把我含在嘴里,练习沉默、雨水
和爱。我们不在这里
不在彼此的
亲吻中。
雨水还在昨天的路上
对抗遗忘
可它还是忘了通往今天的路上
有比死亡更美的风暴
一地紫荆
红得

像被童年撕碎的红色小裙子
一片一片的,小女孩她
还在捡
她再也不能回到她的
小裙子里

杨桃树下数星星

冷冷的雨夜
是什么让你站在杨桃树下
仰着头
任一滴滴冰凉
滴进眼里
打湿衣裳
你说,你正在数星星
我信了
一颗、两颗、三四颗
后来,我也陪你看,密密麻麻的星辰
如何挂满逼仄的天空
阿雪。你用青春陪伴一棵无言的杨桃树
是不是你的落雪
想要擦亮树上的星星
这才化成了
一整个世界的雨

长洲岛

像一个女人躺在木棉树下的草地上。
这座岛屿，身体
比植物更加纯粹，每一朵花都
落而不败。
散步的人，失散在相遇的路上
时间为此慢了下来
人世困顿。流水安然流过军舰鸣响的午夜
像咖啡上的拉花
暗自疯狂
却总是平静地被喝掉
长洲岛是一个
与自己失散多年的人
在水中散步时看见自己的倒影
他们相遇在
被秒针划破的历史的伤口上
像爱情
奉献着肥沃的土壤。
在这里，长出了果园和木棉——
一座座忠贞的塔

选自巫小茶微信公众号"巫小茶"

严彬微信公众号作品选

　　严彬，1981年生于湖南浏阳。现居北京。出版诗集《我不因拥有玫瑰而感到抱歉》、《国王的湖》、《献给好人的奏鸣曲》、《大师的葬礼》。参加《诗刊》社第32届青春诗会。中国人民大学创造性写作专业硕士在读。

你不是一个喝酒的人
——献给卡夫卡的十四行诗

你不是一个喝酒的人
不是醉鬼和流浪汉
你在别人的街上走
穿一身干净的黑色西服

你在他们中间走
经过蛛网和斑马线
你不在菜市场
也不是那个容易被撞倒的人

哦,城堡的主人和小职员的长子
你轻轻呼吸,永不衰老
拥有仆人、栅栏和马群
一生不被谴责的人

卡夫卡,亲爱的卡夫卡
我爱你的名字,也爱你推开的门

一份失效的雨果预言

一八七零年
雨果重获自由

在火车上老泪纵横

七月的一天
战争爆发了
雨果在院子里种橡树
炮灰点燃当天的报纸
雨果说：

一百年后
再也没有战争了
再也没有教皇了
而我的橡树还
高耸在大地上

遥远的妮萨

听着——
当猴面包果落地
我会给你讲一个故事
你的姐妹如何成年
你的弟弟为何死去
你的母亲经历几次婚姻
成为一个真正的女人

我会打开话匣
告诉你这里从前的生活
水塘为何干涸

带你去采集十三种毒草
我们没有马匹和山羊……
这样的生活还会维持多久？
谁能说得清

但风会带走我们
成为泥土中消失的事物
我会给你讲另一个故事

往日时光

我曾在美国舰队服务两年
那时的生活让人难忘
每天和年轻的大兵在一起
我手上有他们的帽子和枪
挽着一个人的脖子
我们在一张酒桌上说话
白酒，黄酒，葡萄酒
只要风平浪静
我们每天都要喝啊
我是一个幸运的美国小姐
他们把我安排在新兵营
那里的年轻人个个都漂亮
我敞开裙子坐在他们身边
坐在他们大腿上——没有一点难过
如果我想谈恋爱
你相信吗——

吉姆和哈克森都会爱上我
带我去见他们的妈妈
可是我的妈妈
第二年我就见到了她

回忆录

很多事情不能急着去说
去年冬天，一张涉及影视界的道德禁令
通过短信发给全国电视台，各地的娱乐编辑
对集体表现不忠的人被禁止出门
有言行污点的艺人不得作为电台嘉宾
至于摇滚歌手……他们好像和吸毒犯没什么两样
应予全面封杀。一种有关道德的药水
涂满所有的扬声器：公开的，秘密的
去年冬天没有下雪，人们呼吸的是去年的煤烟
烤的是去年春天的炉火
如果你现在出门，请相信，外面很干净
就像我父亲说的那样：

村里的水泥路秋天换成了沥青路
太阳能电灯白天嗞嗞响，晚上将全村照亮
没有一处黑暗，连蛇都没有
现在的老人都不想死，他们说
"这样好的日子，一定要多活几年"
我想也是，毕竟我还不是演员。

妹 妹

在一个浓雾将尽的上午
我见到妹妹的来信。

她是一个倔强的女子
没有固定的工作
"我很希望摆脱现状
在一个好人家里打短工"。

我问她为什么。
在信中她提到这样的话：
现在冬天来了，哥哥
我像再次走进坟墓一样给自己盖好被子。

后来我又睡了，醒来后已是第二天
一层薄薄的太阳，在窗台上投出一层淡影
那是窗户和白掌的投影
是我用舌头温暖过的星期天上午。

选自严彬微信公众号"德性俱乐部"

敬丹樱博客作品选

敬丹樱，四川人。作品散见于《人民文学》、《诗刊》、《诗潮》、《诗林》等，入选多种年度选本。参加新浪潮诗会、十月诗会。获第六届红高粱诗歌奖、首届田园诗歌奖。

无所依恃

我不要看天边的霓虹
表演短命的绚烂,也不要听秋风拂过竹林
呜咽的箫声

我抬头,以手里的树枝
指出天空的破绽;我俯身,把高过稻子的稗草
摁回水田

大海捞针

心思细腻。敏感。较真。
在暗处发光。喜欢你,就像喜欢一根针的全部
从人海把你认出
就像把一根针从大海捞出

你把我指尖刺破,你把我心窝戳疼
你离开时多么像一根针,一个猛子就扎回了茫茫人海

阁楼上的光

来,我们搭建阁楼——
榫卯结构,雕花精美,镂空自由,木纹走向温柔

砂锅沸腾,排骨山药汤
白雾氤氲。几案上,《饮水词》翻到一半

风卷起纱帘
蛛丝断了,浮尘蠢蠢欲动

春　词

缩进池塘边的小片绿荫
词语与词语此一时剑拔弩张,彼一时浓情蜜意
她看得忘形,不觉日头已偏西

风若有若无。花瓣静静走完一生
有的栖身书页,有的飞跌大地,有的飘浮水上
粉嫩。年轻。光华灼灼。
海棠,或者樱花。都一样,一样薄,一样轻

燕子贴着石栏来来去去
故事不会完结
花瓣还要落,形同陌路的词语,还会有新的联系

前　缘

作为事件的证物,我们坠入
同一片时光森林。宿命的野风中,我们无数次相顾

却在相顾时一再沉默
为替你唤醒休眠的火山，我耗尽热络
原谅我，木石之盟只是传说。这一世，你是冷却的熔岩
而我，是一块木炭

小谣曲

1

抬起半筐泥巴红苕
跟着大白鹅摇摇摆摆，穿过田埂
去到水塘
有时我离绳子近一点，有时外婆离绳子近一点
塘水浑浑，我和白鹅一样快乐
塘水清清，外婆和水塘一样沉默

2

扎羊角辫的小影子
有时在外婆身前，有时在外婆身后
游泳的云朵
迟迟不肯上岸。蜜橘从荷包里射出几束幽幽青芒
湿漉漉的秋啊，纸包住火，狭长的天井
包住一块天

3

几尾黄背鲫鱼
抱着沁凉的夜色，吹泡泡。外婆走近水缸

俯身
舀起一瓢星光
睡莲花在绿色的摇篮里轻晃。睡莲花
就要醒了

4

樱桃绿了,我扒开叶丛
数星星。星星黄了
我望着树梢流口水;星星红了,外婆拄着拐杖
赶树上的雀鸟
星星落了,外婆扶着门框
数树下的弹孔

蛛　网

这不像是爱情。它们在两张网上
各自为营——
蹲守,捕获。作为优秀的间谍,它们有足够的耐心
和闪电的速度。网路空空如也

隔着几片阔大的南瓜叶
一动不动,默默对视。除了眼神喷溅过火花,它们仍是陌生
　的

那天雨水很多,两张挂着雨珠的网美得惊心动魄
残破的蛛丝
曾留下目光投射的暖意

这不像是分离。两张从无交集的旧网
和两张从无交集的新网

芦　苇

每一朵都护着各自的梦
蠢蠢欲动
只有它们自己知道
用了多长时间，才备好这一场
茫茫大雪

而风，还是来了
飘飞或摇晃因此变得扑朔迷离
而顺从
是它们需要恪守的本分

为此，它们不仅要忍住绝望
还要咽下
一簇簇审度的目光

　　　选自敬丹樱博客（http://blog.sina.com.cn/u/1986528027）

剑男微信公众号作品选

剑男，本名卢雄飞，1966年生，湖北通城人。现居武汉。写作诗歌、小说、散文及评论。有诗歌获奖，入选多种选集及中学语文实验教材。著有诗集《剑男诗选》。

开满野花的红薯地

他扛着一把锄头,不知道如何翻挖这片长满野花
的土地。春种一粒粟,秋收万颗籽
他懂得这是不可荒废的时辰,但这是他第一次
看见成片的野花出现在红薯地里
去年秋天收完红薯,他本想种上矮种小麦
但妻子的一场病使他停了下来——
"让土地也休息一下吧,土地也是有命的
等开春我再给它种上一些黄豆。"
现在,冬天终于熬过来了,这些美丽的
野花却使他无力挥起手中的锄头
——"如果妻子生前能得到足够的休息
她是不是也会像这片红薯地一样
重现生命的绚烂呢。"——他怔怔地
站在那里,像一个再也无力
耕种的农夫,眼中止不住哀伤的泪水

祝福蝴蝶

瓦片上停着一只蝴蝶,刺花上也停着一只
瓦片上的蝴蝶一动不动
如落叶,刺花上的蝴蝶随着花枝的摆动而摆动
如另一朵花
我喜欢一切安静、懂得收敛的事物

也不反感它们从前轻浮的追逐
啊,一只蝴蝶停在瓦片上,祝福它远离喧嚣
一只蝴蝶停在刺花上,祝福它仍眷恋着红尘
祝福瓦片上的蝴蝶获得安宁
祝福刺花上的蝴蝶也有不得不接受的、命运的刺

春天断章

春天没有丑陋的事物,也没有丑陋的人
最好的春衫挂在枝头的新绿上
最好的胭脂和粉霜藏在惠风和暖阳中
花插在鬓角的美是多余的
祖母满口缺牙的笑是春天最好的诠释

腊梅之歌

薄嘴唇的腊梅一瓣瓣开了,在青灰的天幕下
如一个少女对镜贴花黄,还没转过身
有一片天空就亮了
像你纯棉裙摆上细碎的小花

霸王别姬

我把乌江送到你面前,这样一条命运之河
大王是渡还是不渡——
1973年中秋,夜那么深,月色那么苍白
扮相柔美的青衣在台上凄婉地唱道
看大王在帐中和衣睡稳,我轻出帐外且散愁情
英雄迟暮的霸王,吴晓云的父亲
捂住腹,双眉紧锁
望着台下前来抓他的大队民兵
仿佛村庄外已四面楚歌
提前把剑横在自己的脖子上

沙　粒

他的胸中有一座沙场,是那些淘金者留下的
在九零年或者说更早时候
最早是一粒,是一位陌生的妇女留给他的
在他睡着的时候,将他丢在一座肮脏的乡村汽车站
他不知道她是不是他的亲生母亲
后来也是一位妇女,数着他十二岁的肋骨
让他在屋后的水龙头下涮碗,那是一座小站的旅馆
每天都有火车从那里开往不可知的远方
从十二岁到十五岁,每天都有数不清的沙粒
流入他的胸腔,夜深人静时,他能感到血管里有

泥沙俱下的河水涌动。后来他爬上
一列火车去了远方一个热火朝天的淘金工地
在滚滚沙尘中淘洗命运的金子
再后来他十八岁，认识了一位渴望和他过宁静生活
的贵州姑娘，但在一个灰暗的早晨
姑娘不辞而别，把他所有的积蓄也变成了一袋沙
塞得他胸口生疼。他说他叫吴大力
如今在一座建筑工地看守材料
白天睡觉，晚上通宵达旦看守那些钢筋水泥
这些年一直生活在黑暗中

黑暗中的光线

风雨如晦的夜，黑暗有一刻是被照亮的
你以为万物都侧过身睡去
但我知道黑暗自己从没有在黑暗中沉沦
它等待着深夜回家的脚步
也守候着在油灯前等待的满头白发的母亲
在无数个寂静的风雨之夜，黑暗中
总有一个又一个的人不断给我光明的暗示
先是从门缝中给我如黎明的闪电
然后让一根根树枝弯过来反复敲打我的窗
像小时候，我因为雷霆从半夜醒来
风雨交加中，你踩着小脚轻轻
推开我的门，一道光也从门外挤了进来

雪中札记

雪落在幕阜山中,从盐粒到飘絮,再到如棉花
人间在一个下午就刷白了
好像寒冷一下子也被雪花所埋葬
很多年,我们都惧寒,都在喊冷,但都在盼下雪
这是不是表明我们对某些事物的不可忍受
已经远远超过寒冷对我们的侵袭
是这个冬天难以忍受的一成不变的生活
还是这个冬天天空难以忍受的一成不变的灰暗
现在,雪终于落下来了,大地
就像一张白纸,但在幕阜山
还看不出有什么可以重新描绘的可能

选自剑男微信公众号"剑男"

舒丹丹博客作品选

　　舒丹丹，1970年代生于湖南常德。现居广州。著有诗集《蜻蜓来访》，译诗集《别处的意义——欧美当代诗人十二家》、《我们所有人——雷蒙德·卡佛诗全集》、《高窗——菲利普·拉金诗集》。获2013年度"澄迈·诗探索奖"翻译奖、2016年度"第一朗读者"最佳诗人奖等奖项。

古村池边独坐

安静得像只青蛙
芭蕉叶举着浓绿的大扇子,苹婆树开白花
几根枯篱围起一畦菜垄,油麦菜
长得倔强。风和夕光从枝叶间穿过
扰不乱一丁点秩序

你可以听见傍晚的晦暗送来各种声响:
墨绿的池水,像个巨大的敞口坛子
虫鼓,鸟鸣,黑蝙蝠扑翅
青蛙跃进古池里——
完美的疏离,完美的幽寂,而你
静笃如一个内心的听戏者

你是你自己的水面
你是你自己的影子
你可以凝视一个神秘的临波照影
也可以随时起身,或掷一枚小石子
击碎水波的褶皱中你自身的幻象
将风的背影留给广阔的黄昏

蛤　蜊

蛤蜊。沉默寡言的人
为了活下去，你需要隐藏自己
需要两片坚硬的壳紧紧包裹自己
将汹涌的海水推出门外

而当你闭合得太久
大海一片漆黑
你可怜的呼吸在壳壁中左奔右突
你需要将自己打开一点点

不断地隐藏，不断地揭示
在天性与秩序的两极间
永无止境的犹疑

一次又一次的开启
一次又一次的闭合
如蛤蜊般，在海浪与沙砾的交战中
完成一生的真相

林　间

雨后，空气暖湿得让人心头发软
我想去林间走走
看看那些久违的杜英、蒲桃、鸭脚木
和湖畔那排高大的水杉
看看春天里它们饱吸雨水的样子

我曾无数次独自来到这里
跟随一条小路，走到天色发黑
我为泥土中那些无法动弹的树根而叹息
也为那徒有翅膀却不能飞翔的"天堂鸟"

我曾在有月亮的晚上坐在树荫下
直到回忆从树洞里钻出一只只木耳
我见过林间的四季，甚至它最黯淡的样子
我也不向林子隐藏，我最浓重的阴影

当万木萧条，我依然在它的昏暝中徘徊
我从未怀疑，春天还会再来
时间掠走的一切：源头，天籁，生机
终将以另外的形式储藏，归还——

如此刻，草木欣欣然睁眼
没有一片叶子舍得昏睡
全部的力气都要用来开花散叶

它们伸展的手臂是一种邀约
"来,在我怀中跳舞,与我一起飞翔"

虚 空

春天里铁树开花
蜗牛拖着重重的身躯翻过巨石
面包屑洒在水面
水底游鱼争抢
柴火灶下枯木作响
转眼冷灰堆
青铜鼎熬不过锈迹斑斑
山泉边陶罐刚好打碎
心灵手巧易遭邻人妒忌
日光下劳碌犹如捕风
黄昏街门次第关闭
胡同里麻将声渐渐衰微
人皆走向他永恒的天家
往来都是哀悼的蝼蚁

完美的黄昏

空气清凉,仿佛刚从湿润的树梢滴落
草叶上的火苗依然绿得温和
十月的天空捎来南方最完美的季节
一切都恰到好处
包括少许的阴晴不定——
幸福常常是夹杂些莫名的愁绪的
享用吧,不必驱散
对这困顿的一生,还有什么可以安慰?
给自己斟一杯最爱的"金骏眉"
茶色温暖而清澈
在暮光中缓缓释放,沉淀
像蓄积多年的泪水
指尖传来的温度让你有足够的耐心
缓缓地,爱这宁静的黄昏

选自舒丹丹博客(http://blog.sina.com.cn/shudandansdd)

霜扣儿博客作品选

霜扣儿，本名王玮，黑龙江人。作品散见于国内报刊，有作品收入多种年鉴及选本。获多种奖项。著有诗集《你看那落日》、《我们都将重逢在遗忘的路上》，散文诗集《虐心时在天堂》。

唱春风

如果暮色优雅,你在泉水里出现
天下小花都不会搬家
一忽儿梅粉,一忽儿杏黄
借到我脸上的薄云,被今生修饰得那么纯真

玉气已冲出视线
天下地上如雾如岚,亮起的一些珠光
采撷我的眉眼,一动一婆娑
海水涨不涨潮也难隐青山
——在我身上
泛动的人性是灵魂的回音

拿起涟漪,杀灭黄沙千万里。最暖的芽草
哄着落日——离冬而去的事装进陈酒
我是你面前的另一杯
喝一个花色重来
喝到暮鼓里。那儿的蕊是你回家的圆点
一秒内露珠灌满吻痕
我心事咚咚,人间已躲不开潮红

安置我。如浅水含青葱
如青葱伏上峦峰。安置我的每一寸
我生存的意义
就是与你唇齿合鸣后,万物齐生

良　宵

就在水边吧。你对我说黄昏
就在水边你牵我的手

这是日常之外的救赎,可以滑向纵深孤独
低头在你肩上祈求——白发多
莫把六根埋葬
那片钓过我脚印的湖水
空着一个白月亮

多走一步都是罪过
多走一步此处都不再是故乡,而口唇何辜
想唱没唱。停顿一旦发生
手就捂在额上
凉亭更凉。我看不到还有哪年
突然被苍天怜见

让我们听红尘唱
那就是爱情的荒凉啊
那就是爱情的甜蜜与悲伤啊
那就是没有花朵的土壤
那就是我们踩出的深不可测的天堂

就在水边吧。黄昏里看不清水
就在水边——唯有水,流不出眼泪

若 见

我说光影依稀。睡衣就到了花期
吹啊吹　接不尽耳语

从哪里打开闸门，就从哪里热起
在意图的图上勾出柳绦
仿佛你爱我的妖娆，仿佛我缠在来世的信使
揣着万事如意的序言
摇摆着读下去

被读到那里——生存的风水不标注顺流逆流
其间瓜州有恙，泊船如肠
每抱一次都要等待很久
不得已的逗留跑在心旌上，飘啊飘
皮肉瘦成皮

贴成你胸口的茧，磨啊磨
嗨，多年后我老成朽木，拎着风
情不知所以。你靠在风上
处于空白欢喜

嗨，多年后，山坡不再落雪
我就坐在你的名字上，唱今夕是何夕
人间落入流水西皮

重复如梦呓——你醒醒

告诉我,翅膀会不会死于飞翔的练习

旧城堡

活了多久　在漫漶的人海之外
旧色都已走掉了——石头还能不能想起雨

谁为它安置初年
什么样的啼鸣叫醒过星星？
我来时它不曾挣扎
缺口里漏出的斜阳也是那么远

几处低草无名
我与它该不该谈到形而上,形而下
巷道已残,楼门已断
几截灰化成空烟

残垣矮小。征战的结节上
系着的归人不归。堂上高椅的荣光
幡然而醒了多处
——摔在鞭痕里的身体
已没有什么可以撞击
除了尘土,已没有血肉可以希冀

台柱一根根拆下去
到遥远的大江
遥远的大江正陪着风响

深

一个人玩一个秋千
其上云朵无言
一个人摘下老红的叶子,自己看看

一个人靠在门上　叹息凉薄
像真理还没长大,就落在棉花上

她之外,断肠红便是背影
面积不断增加
她也不哭。夜酒无主,倒了多少遍
她也不哭那空空

除却说着说着
忽然被他的遥远拦腰斩断
除却流了泪,仍不能把自己填满

是啊。是啊。不能张口收回
就把余下的叫作归期——唇红落如秋雨

选自霜扣儿博客(http://blog.sina.com.cn/u/1944482844)

高凯博客作品选

高凯，甘肃省文学院院长，甘肃省作家协会副主席，享受国务院特殊津贴专家，一级作家。出版诗集《心灵的乡村》、《纸茫茫》、《乡愁时代》等八部。获全国优秀儿童文学奖、甘肃省文艺突出贡献奖、第六届敦煌文艺奖、首届闻一多诗歌奖、第二届《芳草》汉语诗歌双年十佳、第十二届《作品》作品奖、首届《大河》主编诗歌奖等奖项。参加《诗刊》社第12届青春诗会。

你究竟是一个什么科目的植物人
——谨献给病中的作家和军校

和军校
和军校你醒醒
我喊的就是你这个倒霉的家伙
你真的要从一个动物变成一株植物吗
一百二十三天了
一个诡异的喷嚏引发脑溢血
让你突然从去年的 9 月 11 日开始至今
躺在病房里昏迷不醒不死不活
像人世间的一个罪人

大作家和军校
赶快睁大眼睛看看
你现在的处境有多么的多么的狼狈
不是黄埔军校的军校
也不是西点军校的军校
你已经一败涂地
一丝不挂　没有一点隐私
下半身那个金刚钻不害羞地露在外面
作为老朋友　我还是有幸第一次
瞅见你枯萎的命根子

刚刚荣获中华铁人文学大奖
怎么就成了一堆废铁

哪里像一个铁人
你的老大哥王进喜如果还活着
肯定会来狠狠地踢你一脚
还骂你孬种
刚刚出版了长篇小说《开始幸福》
怎么就开始受罪了
泱泱四十余万字骗人的鬼话
哪一个读者还会相信

你曾经是蝉联两届的甘肃小说八骏
其实你现在是永远都是
第三届意外落选
你误认为是我不给力的原因
一直对我耿耿于怀
我一次到西安找你喝酒
两次和朋友们在酒馆里等你喝酒
你都推辞没有来

但我还是到医院看你了
你病危的时候我必须去看你
一个人到了这种地步还有啥恩恩怨怨
我想　即使你醒不过来
你活着的时候我总是去看过你了
即使你醒过来而且又活蹦乱跳地活着
仍然不认我这个朋友也无所谓
我在乎的是在你危难之际
不计前嫌地去看过你

该醒来了　　只要你
再打一个喷嚏马上爬起来
穿好衣服　　咱们过去的事怎么都好说
我们就像你早期的小说
《一个陕西人和一个甘肃人》里
那一个甘肃人和那一个陕西人
有情有义　　你还当你陕西唯一的
那匹甘肃小说八骏

虽然病倒了但你还是命大福大
一个好妻子一个乖女儿
誓言绝不放弃
而且还时时把你的手机开着
把病房当成了你们的家天天守着你
陪你受罪成了她们莫大的幸福
你知道吗　　那天在你的病房
我把我这一辈子学到的最美丽的誉词
都送给了一老一少两个伟大的女人
而你睁一只眼闭一只眼
没有看见似的
那天我真想喊一声——和军校
你个狗日的究竟醒不醒来
但我没有喊出声

几天后　　我故意给阴阳两界的你
打电话问你的病情
我当然知道你不会接听电话
那个手机已经不是你的

但我就是专门打给你的
尽管手机那头是你的女儿在说话
但我还是通过你的小和
听到了你老和的声音

甚至在今天
我还给你的手机发了一个短信
向你的小和打问你的状况
白天始终没有回应　但夜幕降临之后
终于收到小和用你的手机回的短信——
他现在情况比较稳定
意识也比之前有所好转
但还没有清醒……

而且　此前隔那么几天
我都要问第广龙问程莫深问杨冰泉
问长庆油田的另外三个才子
甚至问天问地——你醒来了没有
但现在我谁也不敢去问了
只能等奇迹降临

今年　开春以后
大地上的植物肯定都会继续生长
连那些稻草人也会站起来的
但你究竟是一个什么科目的植物人呀
令人绝望　截至2018年1月11日
你已经和死神僵持了一百二十三天
还没有丝毫苏醒的迹象

植物都会动呢
你为什么不动一动
如此下去　我的诗就等不住了
我要赶在你生死不明之际戛然杀青
然后放声给你朗诵

和军校　起来吧起来吧
你这个受苦的奴隶
我要和大家唱着《国际歌》唤你起来
然后把我们给你藏的好酒统统干掉
快说　你究竟是想活还是想死
痛痛快快给大家一句话
如果想活　这首诗就是献给你的颂诗
但你如果想死　那就去死吧
这首诗就只能是提前
写给你的悼词

选自高凯博客(http://blog.sina.com.cn/shirengaokai)

古槐之心（组诗）

□薛松爽
http://blog.sina.com.cn/xuesongshuang

塞 尚

他在母亲去世的下午还在作画，
他一刻不改变自己肩部微微倾斜的姿势。
将面对的坚固、完整、静穆搬移到纸面，
这坚固、完整、静穆的
祭奠、缅怀，与挽歌。

古槐之心

我的身体内沉积着无数个我。
新生的绿芽，绽开的白花，都让我欣喜
而我知道，它们迟早会成为一蓬黑刺，成为
黑色的树干本身，直至成为最后的一段根，一抔泥土。

万物皆为庙宇

雨滴经过苍翠的松梢，

汇成一注注灰亮的泉水浇注下来。
我终于相信了,无论松树,还是松树下
这具依然炙热的肉身,皆是庙宇
皆是敞开的,清凉的,烟火不息的大地庙宇。

坏月亮

明月高悬
明月是我童年蛀掉的一颗坏牙
虫儿还留在我的身体内
它不停地咬
要把我蛀空

惊蛰（外二首）

□刘 苏
http://blog.sina.com.cn/u/2719138915

有点潮湿
有点紧
我是说
此刻的心情
幻想拉着某人的手
一路狂奔
去郊外撒野

在没人的地方
淋太阳
幻想脱光
所有的皮囊
幻想一匹得意的马
轻而易举
将春天掀翻

维特根斯坦如是说

"凡你能说的,
你说清楚。
凡你不能说清楚的,留给沉默。"
是的,当然,我愿意听从
维特根斯坦伟大的箴言。
像一只河蚌那样闭紧嘴唇。
像一块岩石那样咬紧牙关。
在一种可鄙的秩序中,我早已变得
比一个哑巴更加无话可说。

上帝支起那口锅

上帝支起那口锅,不停地
往炉膛添加薪柴,火越烧越旺

火越烧越旺,水就要沸腾

参加宴会的人,大声地欢唱

他们唱啊唱,没有人关心
锅里有什么?锅里有什么?

锅里究竟有什么?

亲爱的上帝,你独自守着炉火。
你独自守着炉火,究竟在煮什么?

路(外一首)

□方楠
http://blog.sina.com.cn/u/1901848860

明月低垂,已是今夜的月亮
月亮是我目力所及
最遥远的地方吧

想起昨日山中反复出现的
无数分叉的路径。在山中,那些路
逢山绕山,逢水搭桥

想起独自走到路径的尽头
我的脚印
踏实

必定是踩在别人的脚印之上

在山中,唯有那些路
默默分开树丛,朝向过路人
如同这世上:仍有你亲切的手,伸过来

今夜,明月低垂
我朝着前面一直走……
一直走,明月也朝我走过来

我爱的不是一棵树

我爱的是碎片,一棵树绿色的碎片
是始终沉默的言语

碎片都消失了
我爱的不是粗壮的树干
不是大部分
是那些柔弱的细枝末节

我爱的也不是细节,我爱的是
整体与部分,部分与细节的关系
一棵树
遵循的秩序

我爱的也不是秩序
是自由。是自由向着虚无伸展

是自由生长出的一切可能

我爱的不是一棵树
我爱的是所有持久的事物

远处的火光（外二首）

□高鹏程
http://blog.sina.com.cn/shuanglinwanju

关掉手机。拔掉电视机接线。
仅带几本喜欢过的书
我和孩子回到乡下过年

简单的年夜饭之后，我给孩子读一本童话。
火舌舔舐着古老的炉膛，温暖的光焰
在孩子眼中闪现。正如一首诗的到来

感觉是另一个我，在很远的地方看见了火光。
感觉是我的孩子在多年之后，记起了火光
正如我记起当年的一样

被太阳晒过一年的柴，在炉膛里毕剥作响
偶尔的青烟，呛出了我的咳嗽
那是一些逝去的，被雨水浸泡过的日子

透过火光，我仿佛看见了年迈的母亲
正在炉膛边为我缝补
同样的火舌舔舐着清贫的锅底

我在火光中同时走向了两个方向：童年
以及暮年。而此刻，我的孩子正在一篇童话里飞翔
这是生活不能给她的

今天是一个终点，远处的人肯定会看见火光。
今天也将是一个起点，我的孩子将透过火光
看见远方

打往老家的电话

我害怕突然响起的电话铃声

在深夜，在我蜗居的海边小镇的一间陋室里
我害怕来自四千里外
老家的消息

十多年了，它送来太多不祥的音讯
祖父去世，外婆的丧礼
大姑、二姑、二舅、大舅、表妹……以及更多亲人
意外的亡故

我也害怕打电话
我害怕挂电话时听到母亲在那头哽咽的声音

我害怕嘘寒问暖之后的父亲
长久的沉默

我害怕那种安静得只有光缆在战栗的声音
…………

——我真正害怕的是
我打往老家的电话,再也没有任何声音

回故乡之路

一个人,用前半生远游。
一个西海固人,用前半生辜负父母、故土
那么,他将用后半生
忏悔。在生命的
最后一刻,用一生的积蓄,兑换一张落叶的车票

像一缕秋风
穿着另一只,落叶的鞋子
回到西海固
像一缕钟声回到一口旧钟。

像一个夜归人
在六盘山下的车马店里
用一碗浓酽的苦茶,卸下一生的风霜

梨花开了半树（外二首）

□雨倾城
http://blog.sina.com.cn/saibeitianwen

她一直在院子里，看梨花
怀念远

送走一个又一个黄昏
她迟迟不肯下手折一枝两枝的白：
每一朵都是起伏不定的命运
每一朵都是静谧安详的祈祷

她幽幽地站着，又灿烂又脆弱
风，不动；雨，也不动
这荒凉的人世啊，她打算花点时间
成为其中的一朵

别　走

松风吹过的衣衫
石阶上轻轻滚落的山果
香客的脚印，蜿蜒而下

一棵树红了，又一棵树红了

白云翻卷,道路漫长
该如何
移动自己的脚步,仿佛时光
尽皆停顿于此

别走
再走就走到天上去了
再走,我的唇就碰到那一抹云霭了

这样也好

就这样坐在夜的影中
想一些遥远的日子
不很专心

微风一阵阵
这百无聊赖的一生,我看见一个个年轻的苍老的
焦虑的失眠的温柔的冷漠的你的名字
从窗户涌进来
带着光
我不敢呼吸不敢告诉你我藏在心底的秘密:
都给你——
我的天真、颤抖、失眠、热爱,和余生

这样也好。这样也好啊
这样,我们就可以彼此相安
没有喜悦

也没有悲伤

兰花（外二首）

□ 宛西衙内
http：//blog.sina.com.cn/wxyn100

深深的谷地，深深的
放弃。黑澄澄的叶子，
像人类的理解力，
没有谁知道痛苦的形状。
凛冽而内敛，
素白的花朵，几乎是无知。

六月

每一口清香里都有一个断掉的腰肢。
女贞子细碎的花朵开了，
一辆辆汽车，从柔软的枝条上呼啸而出。
天黑出了收费站，
我爬上铁桥，黄河平原灯火闪烁，
一天的星星都找到了家门。
在山塬小镇我熄灭引擎。
沿着楼梯上去，
我回到了炼乳和汗液混合的那种气味。

流亡途中的孔子

前路茫茫
什么是河流中不迁的东西
世风大变
江山易手
今天的话已不是昨天的话
你口中的我何必是他口中的我
站在岸边,再一次回望北方
我要给失败一个说法而失败压根不要

桂花(外一首)

□淡若春天
http://blog.sina.com.cn/cb200123

南方有嘉木,一会儿在深山
一会儿在月亮上面
我们来自远方的一群人,轻轻敲响天空下的门楼
把一生的抒情全部用在一个疑问句上:
"有人吗?"
泥土松软的气息,在夜里连接成网
秋天了,该回家的人都已筑好了巢
只有远行的人,不守窠臼

不问朝夕
黑夜迷失的本性,在偶尔的鸟叫声中
越来越靠近
我们坐在树下,一身香气
主人没有出现,也不会出现
他把一棵树留给我们,自己去思忖。

中年的诗经

1

我们平静,水一样平静
水还有暗流
我们,没有

式微,式微
我坚持把每一句都读得悄无声息

2

嗟
为君之故,还在水中央
为君之故,还在泥中央

3

如下
可以用扶苏、蒹葭、木瓜作为爱人的意象
唯你,不可诉衷肠。

4

最可怕的是终其一生
突然发现万物一炬,轻若尘土,一片空茫

5

东风来兮,我已去矣。
摇着木铎,走四方。
吁,我心匪席,我心匪席。

6

就算,
清江水边有深渡,黎明之前有玉露
可以打湿我的衣裙
可以听到野雉求偶的欢腾
我亦,涉水而去。

7

是夜如水
我心曰归
曰归,曰归
河里浮萍早已停止生长。

8

一苇之间,你说太远
你说永绝,
鸡栖于埘,牛羊下来
无人可知的悲伤,像夕阳一样铺满人间。

星空（外一首）

□ 杨光
http://blog.sina.com.cn/cywsj

我相信，星空有布局
宇宙有守恒定律

满天繁星，每一颗
都是一次眺望

也自有它们的去向，比如山岗，
比如村庄，比如坟茔，比如废弃的采石场

多么深的清澈啊
月亮像从井里打起来的一桶井水

但不迷恋死后有魂灵，而相信有肉体
就像浩瀚天穹盛满历历星辰……

月光照在蓖麻上

月光照在蓖麻上，
已然是后半夜了，

此之前,明月照在东窗。

后半夜起夜,月上中天,山河晴朗,
低吟的屋檐一片幽暗,
小解的须臾,月光照临屋后那片苎麻。

低处的苎麻,高处的月光,
我仿佛听见月光落在苎麻上的悠然之声,
我暗自惊心:神来到了我们中间。

暗恋(外二首)

□成都锦瑟
http://blog.sina.com.cn/cdjinse23

他爱上一座花园。中年的洁癖让他不可逾越
围墙与道德律。像陀思妥耶夫斯基笔下的幻想者
所有细节和情绪由自己完成。
细雨中的少女春衫湿。衣褶上起伏的波浪
白色网球鞋,星子徒生的薄雾……
在兰州,他没有一个知己
爱上一尊春天的神。起于心动,止于言说
在兰州。你的背影是他罗曼史落雪的扉页

往 事

湖水因豢养倒影而深邃。
未经剪辑的胶片,自动分配光线与悲喜
呈现出成长期性爱特征。
他的脸色炉火纯青,反复抚摸旧物聊以安慰。
回首是一种重量:在九点钟位置,时间易死亡。
昨日如燃灯
——灰烬是唯一后退的路径。

睡美人

他们钟爱少女。像孩童痴迷于一座春天的花园
"花开即死亡"
对正在消逝的美好事物他们充满敬意
是猛虎在轻嗅蔷薇吗?
喔,是暮年的川端康成在凝视睡美人
深红色天鹅绒窗帘的房间
情色主义天空下一朵扭曲的雏菊……
"你连指尖都泛出好看的颜色"
在大阪,他没有一个亲人
从伊豆到京都,他是孤独的旅行者
1972年,樱花盛开
他穿过狭长的煤气管,抵达另一个平行世界

天空之城（外一首）

□微雨含烟
http://blog.sina.com.cn/u/1286101474

远处的夜色溅起一些潮湿
缓慢地被包围
和沉浸。在他的谈笑中
认识到自己的匮乏
不谙世事的人总是纯粹的
在风吹来的时候，只感受
叶子们飞舞的形状
在雨下起来的时候
看水洼里的倒影映着谁
终究是
各有天命，我们揣着叫作心事的东西
小心地下楼。远方正在消失
我们看不清脚下的木质楼梯，不知哪一脚下去
就踩在了虚无之上。

明天我们将各奔东西

我们登上凉亭，看到
院子里的红花和柳絮
我用手机拍下对面的屋顶

并不知这些照片
会随着手机的坏掉而消失
现在，它们活在我的记忆中
包括一些故事
一些早晨，迎着露珠
我们几个人走在夜色里
没人谈到第二日的分别
只讲些无关的话题
几个人围着院子里的树走啊走
夜色很浓了，我们穿得有些单薄
但没人停下
仿佛要把夜色走尽，不用说分别。

流水（外二首）

□余燕双
http：//blog.sina.com.cn/u/1591866244

铰剪岩河的水
带走沿岸乌桕树上的红
带走挖泥船的吆喝
带走一年两度的稻花和豌豆花清香

带走汝字辈和部分荣字辈亲人
带走浮萍似的小兰

如果从淤积的体内抽出纯真
抽出转动的年轮
抽出指针和钟摆的滴答
奔流不息的铰剪岩河,带走了我的魂魄

石　头

只有酗酒之后,石头那样的二弟才会开口说话
说粗糙锋利的话
说出让弟媳妇很受伤的话
我欣赏弟媳妇的柔软
出生于大山深处的平常女子
常常能放下身段
像一泓清泉,绕过这块又臭又硬的石头

玻璃瓶

这是干妈下地时
从狗尾草丛中捡回的一只玻璃瓶
擦去尘世的孤独和冷漠
擦出它内心的纯洁和无瑕,通体透亮
装上的白砂糖吃光了,又装上炒熟的豌豆籽
端午节过后,整个瓶子全空出来
干妹妹抓来两只蟋蟀
放进去,一雄一雌,夜里叫起来十分惊魂

谷雨（外一首）

□一树
http://blog.sina.com.cn/qfjs2009

昨夜，披蓑戴笠者在雨中起义
湿透的梦州太守于次晨
用鸟鸣和露珠为暮春立法——
踏遍溪水与幽谷的游子
可以在画眉、红袖与暖怀之间
保留乱了半生的方寸。
嗜酒恋花的在野党，允许私自
种瓜得豆，种豆得瓜。
不断发芽的少年，一律封为世袭贵族。
而干嚎的遗老们，统统开除州籍。

微雨如意园

凭一抹免费的天光轻筛
宿墨与隔夜愁。
余下的由麻雀与蝴蝶轮流打扫。
没有向导，没有裁判
青梅兀自扣篮
芭蕉兀自盖帽
场外的枫杨和箬竹兀自鼓掌。

醉了,便醉了
湖光不再与山色较真
湿透的匡城一隅,那么软。

过故人墓(外一首)

□吴素贞
http://blog.sina.com.cn/huayu1126

浓雾笼罩了整个墓地,在旷野的边缘像一处禁所
年关又紧随,时间呈现肃杀的清冷
我端详着内心,悲伤从未如此缭绕成雾
时间没有变旧,这大寒的清晨冰碴子喳喳作响
人踪灭。对于我齿间的自白,雾中的水滴依然疾疾若雨

圣诞礼物

窗外的流行歌
比我早
从卫浴间
传来淋水的声音
比我早。我醒来
昨晚一样,睁开眼
就看到水汽在玻璃上
长满痘
滴滴答答

我喜欢这偌大的落地窗
喜欢落地窗下，星星之火
人间正有人收集神迹
在黎明里唱着祷词
我回头望着你
呵呵笑
这傻气，我致命的弱点
是我给你的礼物

雪落北方（外一首）

□辛泊平
http://blog.sina.com.cn/u/1256752247

只有尽情吃酒，只有随意翻书
只有一个人走到旷野
才可遇见真正的雪
久远的印象
雪只适合落在辽阔的北方
落在绝望的荒村野道
雪满了
才会有英雄抽刀杀仇
一路夜奔

清　明

其实，只是几张白纸，一种天气
一个词语。死亡很轻
一只蚂蚁还没有上路
一只蝴蝶还没有见过春天

新坟连着旧坟，新朋握手故知
一样的荒草淹没泪水
一样的告别挂满枝头

然而，我还在写那首诗
平仄早已散落
韵脚早已丢失

其实，只是一个电话生死就远了
一杯酒，便忘了还乡的路
异乡的街头，人来人往
草木已深

大雪（外一首）

□阿成
http://blog.sina.com.cn/u/3197538382

午后，母亲用一只旧木盆，外带
一把菜刀，就砍下了白雪的头颅；

确切地说，她在雪堆里
挖掘了我们的中餐和晚餐——
那时，我和弟弟正围坐火塘
她一双通红的手，在炭火上
搓得雪沫噼啪作响、泪水横流；

她有三口大锅，再寒再冷的冬天
也经不住那松木柴火，整日的
蒸煮啊——升腾热气袤出的
一棒棒金黄苞谷……

断　裂

遗忘的身体离开了，惯性的脚步
将你拽回。冬日里的两个身影
缓慢，飘忽，坚韧——
荷锄，不是为了耕种；劳作，不是为了

收获。一起一伏,陷落于
坚守、滞留。

原来,旧居和古村是用来荒芜的——
这是墙根,门,这是正屋、厨房
左边是农具,右边是猪圈
院子里有两株桂花,一棵枣树、一棵柿树
木质器具和篾制用品
散发着持久的香气……

他们锄一会儿地,总是习惯地
抬头看看近旁的残砖断瓦和
半截颓墙。两个被搬迁折磨的老人
在残垣断壁间作最后的挣扎——
那边,芦苇、杂草支起的网
已把结痂的伤口覆盖——

这里不是称为故乡的村落
这里的油菜和绿植,轻轻抹去了
几代人的生活……

听雪（外一首）

□刘浪
http://blog.sina.com.cn/u/1982629862

雪听不见。我们听见的只是雪
压断树枝的声音，摩擦车轮的声音，以及
雪抱不住雪从高处粉身碎骨的声音

雪的飘落，无声
雪飘落在雪上，聋在叠加
雪是一个向下的、使世界安静的手势

在雪天，我们的谈话总是三言两语
就被雪压断。一些话语的树枝
掉进炉子，拨旺我们心中的火焰

雨

早起的针叶林在对岸梳洗完毕
岩石如光滑的鲸背浮出草坪
雨中燕子，一道黑色鞭影
从我醒来的身体里倏然抽出
一个闪亮的时刻
屋檐下水的低语，扩大着

我身边的幽寂,那无数根
透明丝弦又将我绷紧成
一把发烧的竖琴
抚琴者已随雨远去,我唯有
坐对空山,用雨的飘渺洗手
并惊异于我追踪你的目光
被织进一片往事的迷雾

子期远

□左拾遗
http://blog.sina.com.cn/u/1264323177

怀抱瓦罐收集足够饮用一周的新雪。从东山上回来
人间,有喜鹊的叫声
白桦林的残枝,支撑古典的黄昏

北纬37度的雪花。像风吹落在大地上的宣纸
专供拓印稀世的碑文
来客的足迹

林中的木屋。水罐吊在炭火
或热词排行榜上,煮雪
等一袋烟的功夫。再细细地分茶

茶具一律是明清的,钧窑的

时光,耐着小性子。素手
操琴:有知音来是高山流水;无友人来也是高山流水

不存在(外一首)

□杜风
http://blog.sina.com.cn/fgxmly

在襄河里摸蚌壳的人
从来不观赏油菜花,只低头
在平膝盖的春水中摸蚌壳
襄河的乳名叫东荆河
而憨子的另一个名字不是螺蛳
螺蛳蚌壳偶尔会碰面相互掐一掐
却有着各自熟知的道行
他有时会向河坡扔一块摸到的石头
有人说这是一个小孩换取了另一个
小孩子的命。如此改变了一个人的初衷
摸蚌壳的手为碰到的鱼放生
一个常常在襄河徒手抓蚌壳的人
就是不能吃鱼,也不能偷吃幼蚌
他从河流的北岸抓住一个蚌壳
洗干净壳上一层青苔和黑色的淤泥
然后扔向东荆河南岸的浅滩
有时却落进了更深的流水和黑暗
把刚刚抓到手的生命又扔进河中

仿佛这个世界,根本就不存在
他真心想要的活着的东西

四　月

天气晴朗,他在园子里除草
如果等下一场雨停止,唯恐酢酱草
被野草淹没。他有时会想起那一年
瞬间就消失在无边蔓延的荒野
再懒散一段时间,就看不见花朵
开得如同那些曾经历过的欢喜
星星点点红的花骨朵,在光下闪烁
如果再次回到灶头,冷荞粑也摸不着
他一边拔掉半尺深的回头青,一边
思量网纹草,有人曾多次询问过
一年中最好的月份,他们去了何处
多少人的名字早已更换了容貌
多少人的名字,就剩下了一个偏旁
或者部首。他抬头看了看晴空下
再也不是长江边的那个上河口
再也不是那个少年,学习过的校园

白马（外一首）

□王馨梓
http://blog.sina.com.cn/u/1917307555

不白也没关系。修长的鬃须，温润的眼睛
系在老柏树上，情人一样安静，咀嚼我递过去的青草

大鸟飞过。松开缰绳，嗖——
闪电消失。

远远淡淡尘烟，缓缓走来的——
笑眼迷人。

旷野，等一场风
大地，将展开一次狂奔

下一场雨
雨后有彩虹，彩虹后面，有滚圆落日

给我一支烟

在无人的旷野
我需要黑暗，将我照亮
需要一种姿势，和黑夜

谈谈理想，人生，祖国，宇宙
和所有的不着边际
谈谈距离，永恒，和轮回
谈谈日月星辰，天，与地
谈谈那树影，花香，小草
和缓缓上升的轻烟
谈谈忽明忽暗
谈谈消失

速度（外一首）

□韩放

http://blog.sina.com.cn/hanfang0928

在城中的一条老街
轿车、摩托、单车，以及它们驶过的路
比挖掘机走得慢
老年、中年、青年，以及他们的孩子
比推土机走得慢
服饰、百货、粮食，以及它们的价格
比破拆机走得慢
以至于旁边疯长的水泥森林
挡住了照向老街的阳光

城市农夫

城市日渐肥胖，田野愈加消瘦
泥土被迫退守山谷
来不及撤退的，长眠于混凝土下
还有小部分，被父母从挖掘机利爪下
抢出来，搬上楼顶

赶在泥土心冷前，父母精心栽种
悉心照料，执意用一小畦蔬菜
拯救庄稼

小镇的黄昏（外一首）

□王彦明
http://blog.sina.com.cn/u/1223937314

此刻
我们都安静了。
我们在麦草里仰望星空。
我们都有日暮的冷寂。
每一只手臂，都仿佛一只风筝。

倦鸟就像一支笛子

在风里吹响。

我们抓住一些萤火虫
它们淡淡的光是安静的梦。
而我们只是，梦里的一叶影子。

撒广告

这屈辱的奉送，多像乞求——
一些皮球被挤压在车底。

干净的双手，递上分裂的心。
那些落在车窗和车筐里的设计
又将遇到一场涂改。

垃圾箱会回收，那些碎裂的部分
复合为一面新的镜子。

从一个人走向另一个人
需要碎裂多少次，又要自我粘贴多少次？

只有人类才会热衷于想象（外一首）

□胡翠南
http://blog.sina.com.cn/nanfanghu

从茶树的枝头上摘下一片叶子
放到嘴里
那么青涩，仿佛放进了一座森林
我跑到中午的山涧那里
阳光在天空中沸腾，但每一种动物都来不及脱下衣裳
也许只有麋鹿或是岩羊
可以像我一样跑到中午的山涧
张开嘴
饮清澈而冰凉的泉水
我与它们互相打量
看到毛皮上的闪光以及眼睛里单纯的善良
但有人来了，它们都默不作声，退回到远古的寂静
只有我会迎上前去
向他们描述那一整座森林的青翠

我们仍然只是路人

雨水把我们来回爱了一遍
桃花值得称颂
但我们彼此不会轻易相爱

即使让时光弯曲
让它走在每一个母亲的前面
长大之后
雨仍然按时到来
我走到桃花中间
正如你所说
一切不会重来
河水绕过河岸，如此专注
那里流淌着相同的血缘
但仍然如同一个路人

深秋：想念那片麦（外一首）

□杨建虎
http://blog.sina.com.cn/shandianhuayuan

下了一场雨
湖畔的树木、叶子披上了泪水
水面显得冰冷、寂静
而我，把目光投向遥远的山坡
那里，还有更绿的麦苗
在深秋，在风雨中
波澜不惊地活着

是啊，我为那片麦继续歌唱
山野没有回音

田埂挂上野菊
但这并不要紧
我知道那些绿色的生命
正在默默地
迎候一场大雪的到来

春天,与草莓相握

风送来奶油的味道——
这是三月,在郊外
一座座暖棚躺在田野里
一个个红红的草莓
藏在大地的一角

已经习惯了等待
于风和阳光的包围中
一颗颗火热的心
依然托举——
草尖上的天堂

春天,与草莓相握
在平静的喜悦中
她们,带着爱意和温存
挽我们一起回到
童话的故乡

故乡短章（外一首）

□王十二
http://blog.sina.com.cn/520mmwo

星宿们集体失语
枯败的松枝独自撑起夜幕
仿佛撑起祖先的牌位
眼神坍塌，没有一盏灯
可以代替失语者

石头记

把石头安放在两根木头间，就成了碌碡
安放在木门下，就成了门枕
安放在另一块石头下，就成了石磨
安放在墙壁下，就成了一堵石墙
安放在泥土里，就成了一块石碑
我的父亲是一位出色的石匠
现在，命运在他的肾里安放了几块小石头
大如豌豆，小似芝麻
就这么点大的石头
他抠了一辈子
也没有抠尽

二月（外一首）

□雪舟
http://blog.sina.com.cn/u/2746611762

二月适宜观察雪地里的一棵树
早晨的阳光释放了它内部生长的欲望
金色的光线，像在给它浇水
雪地里，所有的枝条都张开毛孔
吮吸雪花里的蜜。它通体透明
远离风暴，挪移着一座森林
聚集的美

辣椒面

到了给羔羊断奶的时候
母亲会给母羊奶头抹辣椒面
我见过母羊因辣椒灼烫
大声叫唤，原地转圈
自己抬蹄揣自己
可当羔羊跪下来吃奶时
母羊瞬间会安静下来
祥和的脸上会淌下泪水
羔羊尝到辣味，会停止吃奶
舌头不停地舔红红的嘴唇

扯开嗓子在母羊身边叫唤
又蹦又跳。这一刻
站在灶火门口的母亲
给羔羊递上一碗清水
也会悄悄抹泪

旅途（外一首）

□张伟锋
http://blog.sina.com.cn/yunnanzwfeng1986

有人在田野里低头收获，而我
刚好看见这一切。我是如此地羡慕他们
在季节里，可以填满自己的粮仓
而我，还需要继续地赶路
那些温暖而饱满的故事章节
会出现在哪里啊？世界那么大
而我，几近颤抖。请你们尽快告诉我
看在我如此虔诚的分上
我已经不想再继续逃离
我想坐在一个秋天里，收割我的稻谷
愿意来的人，都可以来

再见，春天

请折下那束花朵，请静静地离开

请不要再惊扰我。你们的故事
完满,或者残缺,都不要向我提及

再见了,春天。我将兀自向冬天走去
再也不见了,白白让人空欢喜,属于谁
请把枝干单独伸向谁

我看见了你（外一首）

□李桐
http://blog.sina.com.cn/u/1959260323

我接受这些四面八方的树
以及枝丫上的积雪。我会写下赞美
写下山茱萸、火棘和枸杞。在每根枝条上
火红的,是林场冬天才有的果实
不要怀疑,披着厚厚一层白地毯的群山
在属于林场的界限里
每个人和每棵树,都有着相似的命运
唯有踏上这片群山,才让我安静
枯草涌出绿意,结冰的河流叮咚作响
乱树生花,獾子,狍子,野鸡迎风奔跑
是的,我有过生命的盛年
四月的金达莱呀,一簇簇的开在
山崖间。我看见了你,我看见了你呀

致新年

遇见糖的蚂蚁
激动于甜的欢喜
窗外,雪已从碎石爬上了铁轨
这明亮的、晃动的事物,让我想起
"我的心一直在一段枕木上"
我还是忍住了要命的战栗
好像忘了冬夜沉沉,你指尖烟草缭绕
欲言又止的模样
——你究竟要说什么
蚂蚁似乎熬过了冬天
落在雪上的新雪,皎洁,明亮
明亮的黑夜,多需要一个深色的布袋
装住这最后的欢喜

杜鹃还是布谷

□杨章池
http://blog.sina.com.cn/richardji123

"咕,咕啊,咕!"
在树顶,它用一声接一声的叫
截住支教老师返城的路。

陌生的鸟，吐纳巨大嗉囊
说无限悲苦。
他停下脚踏车，呆望一小时

天空又高又远，时间忽快忽慢
他在风中一直攥着拳头，几乎要
替它咯出血来

"大包鼓得快爆炸了！"当他
作为年迈的父亲向我转述时
已过40年

但他仍不明白那只鸟为什么
只冲着他叫：
那时，生活碎屑刚被扫除

病痛还遥遥无期。
作为客居湖北的广东人，他甚至不知道
它是杜鹃还是布谷

土地

□田地
http://blog.sina.com.cn/u/3568365915

土地的心底
藏匿着父亲写给尘世的一封绝交信：

走失的牲畜,皆有来路
消逝的春秋,属于你我水质的云梯
皆有入海口。放下屠刀的手,可以种百花
守着土地的土地公,掌握着草木的根本
也难以帮助走投无路的灵魂赎回罪证

误食农药的麻雀,春风允许成为一块土坷垃
一枚发霉的花生种子沉沉睡去,秋风亦不揭发

金秀镇

□庞白
http://blog.sina.com.cn/bhphj

再远,也有尽头,正如最近
也通向无限。金秀镇正是这样

这个小小的县城
首先显现出来的是一朵花的洁净
然后是种满花草的山石
然后是关于瑶山、山歌、传奇……

而它背后埋伏着的无数草药
只会在寂静中隐约透出丝丝清香
如秋夜的星辰
既保持自尊,又闪烁出温暖的光芒

好日子（外一首）

□马陈兵
http://blog.sina.com.cn/u/1258118801

过这种日子：和周围的水和好
和水上的一切和好
和水边的所有和好
和鲁智深好
和抓黄鹂的人好
要想就再想桥好风好日子好
想王晓晓柳杨杨张好好的腰好

端 午

端午前夜的清晨
我的一个兄弟在他家乡的水边发呆
若不出所料
后来他当被月影卷走：溺于青粽幻象

我比他好
我抵死不去水边　不抽烟
我用一件事固定流浪
比如写作
比如画画

像往睡袋塞毡子防潮垫
像在鲸鱼的左鳍铺展一个草场

信

□如月之月
http://blog.sina.com.cn/u/2204120202

等一个送信的人,等得恍惚又悲伤
白胖的月光仿若一头猛兽
吞下吴刚的斧头,桂花趔趄如碎雪
流光旖旎如竖琴

一层银沙
一匹骡马
一盘明月

纵横八千里内,只有一个癫狂买醉的人
对着沉落水中的月亮
痴望。悲秋。念故园,久不上岸
更多的时候,他守着信物
在一封旧信的开头词里,烂醉如泥

雪的梦

□莲叶
http://blog.sina.com.cn/u/3238344593

星期四,雪来了,如遇故人
好多次,孩子跑到水杉树下
看雪
欢呼雀跃
她呵出的白汽,有如雪
她有时在雪地走
脚底发出"咯吱——咯吱"的声音
后来,我牵着她,沿着雪地奔跑
你一定可以想象
腊月的雪,摇晃着枝丫,簌簌的响
这最美的音乐
谁若懂得,谁就歌唱
后来,她捧起雪,温柔地对它说话
哦,此刻,雪是最好的白色
孩子在试着自己的翅膀
像雪的梦

父亲

□李继宗
http://blog.sina.com.cn/cycwqjh

有很多日子父亲没有跟我们说一句话
想他时我们只有回到山上
在各自无休止的神情里
望着山下的一切
远处，默默地在地埂上坐一会儿
初冬的空气与一瓢凉水差不多
周围的树枝，山头
即使被阳光照着也一片冰凉
有很多日子我们对父亲要说的话
就像墓碑上的积雪
只是融化了一点，只是又融化了一点
这情形非常折磨人
但我们，只是想让我们的父亲可以听见

春日行（外一首）

□阿固

有些花骨朵，注定是不能再见了
那一抹春色里写下的爱，却是一样的完整与坚持

享有来不及的祝福
亲爱的你。弹琴，贪杯，有疼痛的智齿

在高高低低的泸州，我原来不曾走进你的孤独
绷紧的吉他琴弦上挂满了鱼钩、诱饵和明亮的忧伤

在你陷入的三月，在被你补充的春夜
还能容纳我扔出去的任何东西，惊蛰、积雨云，山槐花

人间事

给诗人马力的文中，我写下明亮的忧伤
这多少有点虚伪。像一个大胡子男人跷着兰花指

我把删除的那些留给了鹏远
屁股和马力，老左和沈鱼，黄沙子，龚纯与成立

此刻的南方回暖，汾河的水也该涨了几分

应该还有薄薄的积雪，在人间还能活很久

就是我们的家人，而且并不影响一个 IT 男人的抒情
他相信自己有雪白的人间，有回也回不去的故乡

札记 14 号

□徐立峰

作为整体的世界自有其定量。
当一个人哭泣，远方
不知名的某地，另一个，
正转泣为笑。你为街尾
青苔的缓慢停下脚步回味之时，
必有另一人，紧捏着
契约，匆匆穿过闹市而去。

死者为新生儿腾出空间。
落叶声醒耳，
终将聚为蔷薇盛放前的寂静。
这里丢失的，别处得到。
世上万物都在合作，
他们，每时每刻就是这么干的。

同一条街上，周而复始。
人们在擦肩之时忆及再忘却，

遗忘后，又想起……
他们就是这样活着。爱着。
定是世界按其总量要求大家合作，
带着神秘性，在每个瞬间。

大雪如棺（外一首）

□这样

雪大如棺，想起身后事
白茫茫的寂静，像一个人的尽头

他和我一样，居于中国乡村
和我一样，用诗句打造阳间的银冠

雪花浩荡，仿佛有一支队伍来接他
仿佛有人在白纸上写字

这是哪一年，哪一天
一个人在炭火中默默收走自己的影子

仿佛愤世的人，得到谅解
仿佛蒙冤者，终于平反

油菜花

我喜欢油菜花那么小的菩萨
坐在田垄宽大的庙宇里
喜欢河水,像转经筒
围着他们转,喜欢油菜花
金黄袈裟,披在我喜悦的肩上
喜欢晨光照我发,和足
照我喜极而泣的脸庞,我有两片
正在合十的叶子,有匍匐春天

鸣 蝉(外一首)

□冰水

鸣蝉叫破夏天,雨水还是没有落下来。
我把稻米、铁器搬进屋。这些厚实之物
或可带来清凉。

空气中聚集着黑雨滴,
我想,"它们是孤独的。"而我,
是不是也仅是这人世的一滴?

关上暗黑门窗,

我把鸣蝉当作夏天最后一只昆虫。
听任草丛、树梢、荷塘那些喧闹。那些
与我无法分开的彼此。

像等待因果——
这一刻会有一场雨,
落下来。窗前那棵失水已久的老槐树,
又鲜活了。

花非花

花穿透墙体。
它的名字纵身一跳。出其不意
运送腐朽与呼吸——

天气紊乱。
扎眼的绿。妩媚术,
在身体里却找到了好时光。

女人把月光引向阳台,
浇水,摘下四肢上多余的叶子。
花,深藏在腹下。

雪白的风,脚步很轻的夜,
流进水瓶。花,
与一把空椅相遇。

喜宴（外一首）

□李英昌

就这样，我们远山远水地来
赴一个约会，五月盛大
众生合唱，阳光照彻大地

初夏的炭火正好，烘烤
潮湿的灵魂，巧手翻动光影
内心的蝴蝶漫过堤岸

野马寂静，鸟的闪电打开群山
此刻，你已被风景占据
一树新叶，品尝久违的初心

芒　种

要怎样，才能让心思散漫开来
野草初生，发现另外的细节

来去之间，多了一些寒暄
昆虫的触角战栗，一生的感动

一定有什么发生过，时光涟漪

素不相识的人,在同一个早晨醒来

冬至（外一首）

□南蛮玉

宜思念故人,偶尔念及
被灰尘、白雪掩埋的
蔷薇或青菜

一年中最长的黑夜,宜早早归家
围坐八仙桌前,享用南方麻糍
或北方饺子

不学古人在午时测量日影
用葭管吹灰……那些朱笔点染的
九九消寒图,风雅止于怀念

雾霾虽深,梅园香气
自顾自跑到时间前面,凛冽的消息
掩埋一个偷儿

小药引

鱼市上有没有忘忧花?

美,再次动了凡心

云雾里走出一些人:流泉、清岚、云朵、月华
还借来燕子、植物的芳名

相思河边,那些草药和吴山
都是他们的远房表亲

山茱萸和桑田做了几代的邻居?
越歌拆开新茧,从村这头绕到村那头

白云成群(外一首)

□龚纯

一整个下午坐在窗前,无来由地
为成群的白云
感到喜悦。

这一带住着这个国家的穷人
这一带还有
种植庄稼的田野

多么需要仰仗白云,才存在着一个悠闲的世界。

假定一个日期

是夜,秋虫唧唧
我来到河边,万般孤寂呀
但月亮以足够的清辉升起
照拂我心中的纪念碑。
桥上,我念着 2114 年 8 月 29 日
好像在秘密的旷野孤苦无告地发誓,不忘已死
旧爱的日期。

以上选自微信公众号"婺江文学"

独杆（外一首）

□修远

在园子里,我种下了一株独杆的树
我希望它能
守住一个人耿直,又孤兀的品格
在生长的过程中
我要求它独步,顽强
不惧孤立,不怕受冷落、排挤。
要活出一个人内心的力量,不能
有过多孪枝的想法

一株独杆时刻应以一株独杆
衡量自身，就像一个独善其身的人

独　饮

老了，我一定做个纯朴的乡下人
在阴雨天，骨头发痛
我就搬来一截树桩，用苞谷芯引燃
只需一把花生：我一边剥，一边吃
一边把空壳丢进火里；
一瓶劣质的烈酒，让我度过整个下午
我将忘记一生中的多少事？
多少碰杯不值一提？
即使有熟人下乡，我也只点个头
绝不起身，也不打个招呼

诗的沉默（外一首）

□鲜例

有时，我在想——不必
用太重的力量，密集的词去写
窗下，纸片上一点光的抖动
它就存在
别让！带血的句子，一定要证明什么

此时。从人群里退出,从大街上
从空中

沿着铁路走来的时光

那是有七面山墙组成的房屋
山丘周围,坡地上野花烂漫
窄轨蒸汽火车经过,延伸
而不缠绕,像手风琴扭动,传递远方的歌声
带着温暖的嘴唇,铁轨下石头在听
在呼吸,在吞咽被压制的重量
许多年,一直走着的时光,在隧道之尾
引诱它,还有不灭的森林
它死去,却又在自身的阴影里燃烧
火焰,白色的,一直燃着

如果你也跟我一样(外一首)

□林东林

空草地上有一把空椅子
空椅子那么显眼,突兀
让每个路过的人都会看上一眼
都有想坐上去的冲动
坐上去,心里突然空落落的

内　部

只有电梯坏了
才会想起来走楼梯
只有走楼梯时
才会发现世界上还有楼梯间
沿着这条暗黑无光
积灰一寸的人间竖道
我一步步走向第二十层
我听到了钢琴声
炒菜声乃至吵架声
和动画片里小人儿的嗲叫声
但最响亮的还是
我的脚步声以及
它巨大而荒凉的回声
它们来自于整栋楼的内部

夜宿李庄（外一首）

□宋尾

我喜欢这镇子
江水使它复活了。
黄昏后，我从当地人

之间穿过，如隐身人。
深夜，我从宾馆
溜出来，在黑黢黢的
屋檐上飞行，我
越过野猫，找到了
被他们省略的东西。
那些荒芜的雨滴
在夜里明亮极了

亲　近

我被家人遗弃了
独个坐在餐桌边，想到那些
不可能认识的祖先
他们不会知道之后的故事
也没机会认识我
但他们扯了一根线条
就是那种被我们称为命运的东西
不知为何我会想起他们
他们中的任何一人
我都无法描绘，他们像是
阳台外那些葱茏的枝丫
他们分享同一根树干
那些枝条和树叶
你无法逐一地分出
尽管它们各有各的形象
有的活得久

但并不全是幸运
有的一吹就凋落
也不足悲哀
它们呆在空地上
是如此亲近，一片挨着一片
但彼此没有语言，也从不去理解谁

数豆子（外一首）

□第五洋

我躺在青豆荚里
我在豆荚里想豆荚外
我想象不出外面是什么模样
有一天豆荚忽然被剥开了
惊惶中，我看见蓝蓝的天
和一张少年清瘦的正淌着汗的脸

冥王星上的孩子

他决定到一个没有人的地方去
他动用了五根手指头的智慧
最后，决定去火星
于是他携带一袋露水、一架天文望远镜和一脸雀斑
去了冥王星

当有一天,他骑在冥王星上
从天文望远镜里看见
地球上的父亲母亲
又悲伤地坐在门前
他决定,还是回去

见空(外一首)

□许剑

一直有云,遮住天空
以至于偶尔出现的蓝,像陷阱
我没有患上想象中的疾病
也许喝点儿酒吧,在某个午后,或是雨中
舒服的走廊里,但你知道,这无关紧要。

事实上,我被那些无法觉察的事物灼伤了
在更高的地方豁然开朗。
当咒语念到一千遍,拨云见日
我曾羞于说出的
比如远山隐约的光晕,那么多的白雪
裸露在阳光下面。

南　方

更多的消息，来自可爱的
想象　她南方的秘密生活
恐怕与我无关。

我只能在更远的地方，夜夜红肿
以一个蹩脚的身份
占卜星相，种植昙花
而后昏昏欲睡，像一块
饥饿的老石头

嗯，我接受

南方的火车
正向我缓缓驶来

阿弥陀佛（外一首）

□槐树

给一块石头浇水
天天给一块石头浇水
浇一次两次三次四次

浇无数次
不断地浇下去
你们说
石头还是石头
但是在我的心里
它是一块会喝水的石头

自画像

我用白色的颜料
在白纸上画
我的自画像
我把白色的颜料涂在白纸上
我的头发是白的
我的脸是白的
我的整个身体是白的
我的朋友你们看
连我的表情也是白的
其实我是想告诉你们
我的内心是白白的
我想如果我在纸上禁不住流泪
那么我的眼泪
应该也是白色的

以上选自微信公众号"撞身取暖"

生命如何延续（外一首）

□潘洗尘

这些年　我拼命地种树
想若干年后
让它们替我活着
因此　我总是选那些
习性与我相近的品种
但我忽略了　自然界的任何物种
包括人类的基因突变
随时都可能发生

于是　我只有写诗
并且只写那些
与自己的生命
血脉相连的诗

我时刻提醒自己
要尽可能地使用
最有限的字与词
以期此刻不再过度消耗
自己的气力
将来也不至于过多浪费
他人的生命

有哪一个春天不是绝处逢生

酝酿了几个季节的雪
终于下了
雪　覆盖了我的母亲
以及整个
广大的北方

此刻　即便是置身另一个
看似阳光明媚的国度
远隔 50 度的温差
我也能感受到
来势汹汹的
彻骨寒意

只有懒惰的人
这时才会说
冬天已经到了
春天还会远吗

但寒冬是自己离开的吗？

谁能告诉我
有哪一个春天
没经历过生与死的搏斗
有哪一个春天

不是绝处逢生!

永恸之日

□庞余亮

在那个漫长而弯曲的清晨
是刚刚浇铸好的水泥船
驮着满船的我们
送他去殡仪馆火化
(请他听听哗哗的水声)
要记住那个塞过很多父亲的大铁抽屉
(不知他能否躲开烈焰中滚烫的铁)
沙粒般的骨灰装进小小的木匣
(木板的导热缓慢而持久)
雪白孝棒压住了那帧彩色遗像
(紧系衣领扣的他像是要呵斥)
墓地上的每一锹都在轰然作响
(谁听到了切断的蚯蚓和草根的喊叫)

此日埋葬了他:金木水火土
一行永恸之诗。

腾 冲

□宋琳

火山灰,黑暗如亡灵的记忆,
堆积在那些山的周围。
彝人用它建起村庄,
也用它埋葬死者。

万古的地热烘暖的雪
给油菜花和蜜蜂的脑髓降温。

乘气球的游人只为了一睹大地的伤口。
巨坑边缘明亮,仿佛
匠人打造的一只只陶罐,
里面是圆形虚无。

有过一次爆发,之后
荒芜曾长期统治这地方,
向种子征税,但从未对穿山甲
颁发过大赦令。

银杏树和苦难幸存了下来。

在温泉里洗过澡,
一只矶鸫抖擞着歌喉

跃向天空。屋顶豁地亮了。

另一种安魂曲

□李笠

蓝天响着除草机震耳的轰鸣
你却听成了采蜜的蜂群
一只鸟在飞。没有云朵的天空更蓝

这里根本不存在古老的敌意

这里是布拉格，里尔克家乡
一个男人用贾岛推敲词语的耐心
整理着阳台上的盆花
附近某个宫殿里
倨傲的贝多芬在创作《田园交响曲》

这里根本不存在古老的敌意
她死了，苦了一生的母亲
你发现她如此安详
并迅速地——如高铁——安居于灰烬
钟声飘落。果树轻摇

这里根本不存在古老的敌意
静静呼吸。感觉果园

正用芬芳把我塑成栖鸟
哦,难道这就是远离祖国的好处?
咀嚼果核,聆听心跳

孤独吗?那就做含苞待放的
菊花,一件生活的
伟大作品——天越冷,它就开得越欢

丧失(外一首)

□玉珍

伟大的祭祀已成为
宗庙中泛滥的烟火
人们摩肩接踵,踩着遍地的香灰
朝东西南北盲目地跪拜

这是个妖魔遍地的世界
神灵已隐遁得毫无声息
一种丧失着纯洁的人世逐渐被默认
大地在科技的肩膀上硬化如顽石

而良心的约束越来越宽松
坚贞几乎被遗忘,自由有一些混乱
与此相生相克的人性
活在它无所适从的艰难中

雪

雪就像我的睡床，
疲惫之后的睡床，
那么白，柔软，仿佛一种拯救
我躺上去
像石头没入寂静的柔软
雪与雪的对话有些像风
我热爱这纯粹
我怀着复杂的感情
融入这无边的雪白中
它像个踏实的秘密
将我包围
我像死去那样休息
睡下时是梦
醒来是雨水

夏日午后之梦

□玄武

妇人，酒，和梦
是人间所赐最美之物，
它们轻易地

使一生虚无。
我们需要恍惚的安慰。
风掀动夏日午后的梦
帷幔飘卷,我出现在
有九十九个房间的回廊,
仿佛是曾经的少年。
所有的门在明暗中开合
渴望,期待,
又似乎失落。
如此悲伤,我不能同时
踏入九十九道门,
不知哪一道是
注定要踏入者。
阳光猛烈,风中明晃晃
刀子一样翻飞,向西而去
我少年时做过的梦,
今天再度重复,完美地
像两个日子重叠在一起。

苍山下(外一首)

□赵野

日日面对群山,我的抱负已星散
只关注生命本来的样子
青碧峰顶一朵云,像饿虎

扑过来，又闲挂在感通寺
自然有自己的游戏，人世亦然
这惬意不足以向外言说
此刻，树木欣欣长出新芽
我俨然听见了万壑松风

正　午

正午的时光幽长慵倦
桂花树下适合读陶潜和王维
山岚悠悠啊，我们都爱这片虚无
以及虚无深处的一滴眼泪
此心光明，万物不再黯淡
草木坐领长风，一派欣然
众鸟返回树林过自己的生活
我向天追索云烟的语言

夜　鸟

□李不嫁

一到秋天，浏阳河狭窄得
像一条湿毛巾
拧一拧，还能挤出更多的鱼虾
浅水里的夜鸟，纹丝不动地

等待猎物。芦荻瑟瑟的夜幕下
我真爱慕它们的美啊
飞起来,像一朵朵洁白的莲花
越过座座闪亮的桥梁
收拢翅膀,却像穿上夜行衣的刺客
冷峻地瞪大海事执法员的双眼
我试图捕捉住猎食的瞬间
但一只牧羊犬猛然吠叫,朝对岸,淹死的灯火

三种声音

□马叙

由远而近
有三种声音

悲伤的树下坐着一群人
他们几乎都在听秋风吹过看落叶飘零
只有一人听到树枝折断的声音
——咔。一个坚硬的动词诞生。
人生突然荒凉。

满车乘客,一心想着到达目的地的时间。
在另一个遥远的地方
有一个壮年倾斜着向地面倒下。
他已经提前到达消亡之站。

——咔哒。头颅与地面的撞击。

另一地,与这样的事远隔重洋
他们打着自己的小算盘
生活如此,无风也无浪
偶尔冒几个水泡
——噗,噗噗

人生荒凉,世界深邃
我悲哀而平静地
目睹着这三种声音

以上选自微信公众号"小众"

倒戈(外一首)

□梁永周

灯光底下
病症显阳性,罪行都被列举出来
服罪,以个性反差的方式救赎
这些黑暗都是大过自己的恶魔
我宁愿选择被审判,被十一月的风拴在萧瑟之中
此地没有烟火气,灯光闪烁其词
光越亮,月亮就越凉
若我的忏悔足够真诚

故乡就会接纳我,从清风冷月之中
找回人间知觉

滂　沱

它到底还是伸到了现实里去,弄疼我
一个本深的梦
彻底潮湿了
没有提问海的力气,在这摇晃的夜里
这被水溺爱着的人间,花朵是要谢的
所谓为爱的谦卑啊
都在冒死对抗的过程翻身
本该清闲下来的,那些美好的景物
过分的声响打碎了
原有的平衡
于是痕迹也可能是轻描淡写出来的

嫁给自己（外一首）

□甄凌云

我在夜里抱着自己的心脏入睡
幻想着　在天亮前嫁给一个
愿意接过我心脏的人
不需要大大的落地窗　只要

他爱着天空　爱自由　爱诗歌

我的笔尖料峭　扎疼了
最黑暗的夜和怀里抱着的心脏
天亮前我想嫁给一个人
他不需要有英俊的脸庞　只要
他爱着我料峭的笔尖

光阴与风

还会唱歌的时光里
风也有声音　我想写给你
我还没有到来的记忆
用我料峭的笔尖
刻下切入肌肤的美好

每天的这个时间我都躺进光阴的怀里
一次次地死亡　然后在黎明到来时
看着自己一次次重新诞生
这是一场洗礼　关于风
还有光阴触摸过我的指尖时的痕迹

少年游

□柒叁

曾欲图将所有的日子绑在腿脚上
去丈量土地山川河流,从故乡,将自己
决绝地射出,如同一颗子弹万劫不复
如同一位少年满怀愤怒

曾许过许多愿望,企盼路途,企盼终点
企盼在走过的每个地方都会遗留下自己
灵魂的碎屑闪烁,企盼在许多年后
有个人会沿路掇拾,收集,留作纪念

把它们统统埋进一株盆栽的泥土里
让它们穿过植物的根茎
开成花朵,企盼它能点亮一间房子
企盼它能点亮一副面孔

第一印象(外一首)

□王冬

对于第一次见面的人,我总会

把他（她）们分割、重新拼接
包括置入昨夜的噩梦
与此刻的想象中

过分审丑是一种犯罪
针对别人的眼神与心理活动
谁也没有量刑标准
那些被我裁剪的第一印象中
有我不曾提及的过去和未来

这些都没有错——
就像你正在读着的这首诗
文字和排列都是无辜的
在公交车上鄙视我写诗的
王者荣耀也没错
只是当我的眼神迎向他手中的刀时
充满了愧疚和怯懦

突然觉得不胜酒力了

一条路走到天黑。天亮后
一杯清酒变成两摊浑水
突然觉得不胜酒力了，再也不能
一仰脖就把说不出口的愤懑和疲惫
吞进肚子，所有不快都能撒入护城河
在大明湖畔写着稼轩未题完的词

我在你的小说中，一次次读出你的影子
他们跟你一样，以孤独为肴
一滴就会喝醉，真的是不胜酒力了
那么多伤悲，不知醉过多少个夜晚
才能迎来日出，错过多少次黎明
才能有一次云淡风轻的黄昏

不胜酒力了，这多么令人悲伤
如同无法勃起的早晨，我们从小说中
随便拽一个人物走进工作与生活
叫他们替自己去爱，去感知冷暖
谁又能说得清哪一个是老四或二冬呢
与这个世界保持二两白酒的距离吧
不要太清醒，也不要太糊涂

以上选自微信公众号"不二之诗"

摸黑上楼（外一首）

□周鱼

没有去开楼道的灯。"不需要开灯"。
她挽着他的臂弯，他们紧挨着，步伐一致，
逐级而上，在夜晚的楼梯上，像
两盏自己发电的电灯，无人看见他们的光芒，除了
他们互相看见。

她已经熟知

她已经熟知那片会不断没顶的黑色潮水，
但是她再一次游向那个玫瑰般的中心，
当她望见你温柔的含有水分的眼睛，
她知道这一次可能也不能例外。

但是那长在内心里的不灭的
虚幻又永生的发光体，
让她知道她的肉体可以再一次
在被熄灭之前去燃烧。
而现在这肉体正芳香，变得多么真实。

夜色之重（外一首）

□ 颜梅玖

爱都用完了。时光洞察了秘密
我们的一生
坏消息总是多于好消息

一个人的深夜，啤酒泛着泡沫
仿佛虚幻就在唇边

我们有过相认,有过奔腾
有过五谷芬芳

缄默吧。还等什么啊
这坚硬,这破灭,这倦意多好
默不作声多好,水落石出多好,不担负多好

夜色之重。一盏灯灭了,其余的
也都慢慢灭了

星　星

像石头一样,一颗星星的安静
拉开了天空与尘世的距离

整整一个夜晚,它耐心地点亮黑暗的身体
那里面,水珠自叶尖滴落
泉水升起淡蓝色的影子

当寺庙的钟声再一次穿过星宿
稠密的林木中
黑夜像一群乌鸦

总是这样,在我们缺席的旷野
星星同黑夜一起消失

悬空寺（外一首）

□笨水

挂在峭壁上的寺院
跟挂在墙上的篮子
有什么区别呢
菩萨，回到庙里
如带泥的红薯来到篮中

深夜拴马桩

夜已深，拴马桩还在等它的马
我是那个骑梦找马的人
没有马，我只能把黑夜拴在上面
今夜，我手抚马桩
像一根因紧绷而磨损的缰绳

咒语（外一首）

□冯青春

我知道许多事情

我是先知
我知道如何火中取栗
如何把一个仙女放进一滴水中带回
我游荡至山顶
知道如何摘取白云
我又在丛林中旅行
大海和沙漠也都留下我的足迹
我知道长生的秘诀以及
如何妻妾成群
但我不告诉自己
我让自己贫穷寂寞地过完短暂一生

绝交信

我将不再派遣鲜花
我要收回它们
我要收回山谷里的婉转之音
连微风也要收走
柔软的草不配柔软
葱郁的山岗不配葱郁
我要收走
每一片叶子
现在是傍晚
我发出怒吼
夜里我将写信
纷纷扬扬寄给你们每一个人
你们这些目不识丁的人

你们将看成一片雪白
我的绝望也正在于此

猛虎颂（外一首）

□窗户

必有一处密林
供你藏身。一块巨石
供你卧榻。一阵飓风和乌云
供你驱使

必然是山河崩裂
人心惟危。而落日巨大

必然是这样——
群鸟惊飞，月隐星移
我沉默。如你虎视眈眈
你呼啸山林。如我在人间长歌

赞美诗

你想用芦笛唱出你的悲伤
就像鸟儿用翅膀测量天空
你想用摇滚或小调来掩饰你的悲愤

就像开进田野的火车
会为你带来春天的子民
你企图用锤子敲打自己的骨头
就像尘世里的灵魂缺少追问
大地上的落日缺少观众和赞美
你,想慢下来
让我们的国慢下来
让屈原别走得那么急
子美别走得那么快
我们唯一能从时光中获得的
也许只有子夜时分
那些星星遥远的安慰

大　海

□张鹏远

晚上冰马谈到生命的危机感
这让我想起大海,继而恐慌
我见到太多处的大海
每处都不一样,但从不珍惜
所以这次我后悔了
我应该带一片大海回来
把我的朋友亲人们都放进去
让他们像一条鱼在里面自由游泳
让他们只有七秒钟的记忆

这样,当我看到他们时
不至于因为他们牵挂我而让我痛哭
我还可以在大海边给他们唱歌

最高的品格（外一首）

□ 刘义

推窗,湖水笼罩在湿气聚集的意念里,
昨天走过的长桥,也在灰色的静寂中隐显。
想一想,今生已过近半,
但一直处于错愕、困顿、焦灼之中,
从自我燃烧到审视内心——
桌上沾满灰尘的诗集,才是他真实的面目。
孤独吗?不,他配不上这个时代最高的品格。

孤　雁

他回过头——
那只雁还在浅水区,
金色的尖喙在阳光中闪耀,
右边是他看了很久的荻花,
浩渺澄澈的湖水奔涌在它的左侧,
往后退缩的是水天勾连的环状山峦。

似乎,它一直保持着原来的样子,
与刚才在观光车上看到的是一样的:
清癯、孤傲,隔着一片马蹄形的水草。
他突然想起,十年前的一个清晨,
她也是这样站在湖边。

暖阳(外一首)

□小羽

山顶上的积雪,远处的松柏林,麦田还有
顶着鸟巢的白杨,在冬日暖阳里
逐渐晴朗起来。我坐在阳台竹椅里
想象你在江南水乡,有同样温暖的阳光和思念
同样清澈的天空或者逐渐泛绿的草地
不远处麦场上,孩子们欢快地来回跑着
好像他们跑到哪里,哪里的阳光就充满了笑语

下雪天

这些雪,落到屋顶
落到花坛,落到绸缎里
沁心的白。我趴在窗台
想即将到来的日子
想你的生日

想我们,未曾改变的生活
想几只麻雀是如何轻快地,由雪地飞到树枝上
而此刻,房间安静,窗外空旷
这么多年,我们总是比鸟儿
更早感知到黄昏

以上选自微信公众号"送信的人走了"

河水(外一首)

□张作梗

青杏未生。河水绕一个落日的弯,
重又流到我的脸上。
"司马河与里下河分属我不同的关节,
但都曾测出过我生命的流速。"
青杏未大。河水养在岸的栅栏里,
体内的鱼像游动的银勺,清晰可见。
"我丢失一本流动的启蒙书,在司马河。
我拥有一个流动的女性读者,在里下河。"
青杏未熟。河水咻咻低掠过屋檐,像燕子,
带来远方天空的味道。
"哦司马河,我的铺着浪花地板的柴房,
转眼间,已在里下河的客厅送走红颜。"
青杏未了。河水流成一部别人的红粉逸事,
在我们衰老的身体中上演。

"那只是虚无的见证,那只是传说,
我并未居住司马河,也不识见里下河。"

死于合唱

给我一张雕刻的嘴。
给我一支被棍棒教育的歌。
如果肉体是一个忏悔者,灵魂就是肃穆的教堂。
让我吹熄手风琴忽闪的烛光,用哑默歌唱。
让我去到户外,加入树叶的合唱团。
让我走进弥撒曲,加入死亡的合唱团。
如果不用清风做笛膜,那长笛就会吹出魔鬼。
轻些,命运的叩门声。
轻些,踩在头发上的白衣人。
让我将生引荐给死。
让我追逐流水,加入落花的合唱团,在哑默的
歌唱中,丢失渐渐枯萎的喉咙。

春色(外一首)

□余秀华

眼巴巴地看着:爱着的人与另外的人交杯换盏
他们从汉江上行,一路豪取春色
——这些,都是我预备于此的,预备把一辈子交给他的

他叫她亲爱的（我从来不敢这样叫，这蛇，这雷霆，这毁
灭）

我种植的美人蕉是她的，我豢养的蝴蝶是她的
我保留了半辈子干净的天空也是她的
甚至我写下的诗句，我呼唤过的声音
也是她的

眼巴巴地看着：他们在浩荡的江山里跳舞
他们不知道两岸枯黄
不认识在水边游荡衣衫单薄之人

我想这样和你一起生活

去一个偏远的村庄。
如果你不介意
也可以来我这里
我想和你一起种下向日葵和玫瑰
我想和你一起披落日和秋风

你在你的房间里拨动地球仪，
看海洋，山脊
你在你的房间里自言自语
吐出淡蓝的气息
偶尔想念过去的红袖盈香的姑娘

我在阳台上温酒，等你

风吹动晾晒着的我们的衣裳
它们廉价，柔软
风吹动阳台上的花草，
它们也有醉意

偶尔，
你会厌倦这清淡的岁月
去旅行吧
我会在这里等你
等千帆过尽，你缓缓而来

一些夜晚，
让我拉着你的手入睡
如果我还颤抖，哭泣
请你相信，
我不过是把这样的幸福
在梦里复述

深秋以后

□周平林

我看着那些缓缓的痕迹，移动着
背叛了它半生的经历
阳光穿行于祷告中，有一些持续终被上帝看见

我尽可能地承诺等它
等它长成被人们忽视的风景
又被季节切割

影子被旷野翻过来
那些遗留在路上的落叶、种子
坚持留在原地
我终于捕捉到一丝最初的声音
"为一片墓地,我确信应该把父亲和母亲埋在一起……"

另 类

□郑敏

鸟挂在树上。有些人在树下
学习鸟鸣,他是隐忍的低音,我是
沙哑的啼。几个陌生人衡量着
人与鸟的距离

鸟受不得限制,它们和虫子交谈
取走月色,取走俯视大地的名分
我们受窗户的限制
留下谁也不认识谁的影子,就像
什么也不曾发生

山之重,鸟一生都在抗拒。其实

这样的主角，远不如一粒
桉树下的草籽
昨夜无人处
我打开收拢多时的双翅
如果哪只擅长夜行的鸟，和我一样
隐藏了人为的秘密，并在枝丫的最高处
开始了人话，那必定是
一声惊雷

我写的诗

□贺蕾蕾

写不好一首情诗
仿佛没有爱过
写过那些树，那些鸟兽
仿佛我与它们一类
写过的雨回到云间
写过的风停在哪？
我写的好时光剩下的不多
你正在读的这一首
我写的祖母
她戴一枚金戒指
她慈爱，却久离人世
那也是
你的祖母

一个农村妇女的日常诗意

□张伊宁

打开母亲的手机相册
就如同打开了她的世界

镜头里　有沾着露水的芝麻花
有挥舞着大钳子的龙虾
有整齐而油绿的禾苗
有群起涌来吃食的塘鱼

有小猫玩弄着刚抓来的老鼠
有小侄女睁着水汪汪的大眼睛
还有她心心念念的女儿　我的照片

母亲并不懂摄影
用的还是三年前我给她的小米手机
她只是留下了一个50岁的农村妇女
日常的诗意

以上选自微信公众号"荆门十三行"

春

□辛夷

庭院桃花开
空气都有湿润的心情
灰屋瓦上,苔藓复活旧时传奇
桃花带来的粉红
正在成为你脸上的云霞
我从青梅酒中摘掉一个书生
身份。清风徐来,花香在寂静里
认出了你
和我

一生就这样

□余史炎

在老家选择显眼的地方
盖一所房子,采光要好
春天不要太湿
夏天要能够阴凉
秋天不要有落叶飘零
冬天,门窗最好可以挡住北风

他需要的不过如此
他在海上奔跑,朝着远方的家
妻子在家中守望
孩子为他建造坟墓
福地就择在朝东的山腰
周围没有树,奇石环绕
山下人来人往
一生就这样,等着他回来

子非树（外一首）

□古草

细雨。
阳台外,小叶榕的身影有些蜷缩
这是我的错觉
对冬季雨天的畏惧之心正在影响我
一扇玻璃门后
十五年前的红眼睛
正在把一棵冬天的树
看得越来越紧张,越来越低垂
越来越像一个
穿着灰毛衣,站在雨里哭泣的人

他们摘下对方身上的鳞片
他们曾彼此靠近又分离

52赫兹

阳台上的两种波纹
擦身而过。正在破碎的
是一座山,它的对面
正在堆砌。
这也是一种相遇吗?
墨绿色在远眺中缩小。
你也在闪烁中缩小。
多么惊险,我们曾穿过悬崖的缝隙。
挖出彼此体内的玻璃碎片,
获得婚姻的要义。
但这些都不及此刻,
五点钟的太阳,
我们在藤条上端坐,
任由光线处理了我们。

花间集

□画眉

我是不会忘记
包括你醉后的耳语和
醒来被逼的呢喃

植物之间靠得太近
一片叶子捂住另一片叶子的尖叫
像老虎眼里压着火苗
熊熊升起
又迅速熄灭

掰开一朵很久都不曾开放的花蕾
试探她古老的心性
又小心翼翼合上
像你没来过的样子
像你刚刚离开的样子

呼　唤

□二毛

青苔满树，丛中有虫鸣叫
被夕阳抚摸的池塘闪着白鳞片
枝头上，一粒发霉的种子在
倦鸟的肚子里重生。它们被
雨水诱惑的嫩芽一听到脚步声
便纷纷从泥土里冒出来
我轻抬起脚，生怕踩到
——满地花开的声音

以上选自微信公众号"诗维空间"

在天地之间自我圆满

□林馥娜

深藏于山野的巍然围楼
在漫长岁月中
反复把心门打开又合上

独守着精雕细琢的庄严
与对风云变幻的泰然

而一颗火红的野颠茄
也可令苍茫山野生出夺目之美
仿佛诗之于诗人，在灵魂寒冷的季节
以致幻的微毒带来一把火的暖意

这些庞大或细小的寂静事物
始自深情的根植，兴于兢兢的生息
恪守着内求的丰盈

似一泓清水怀抱盈亏自负的皓月
在天地之间自我圆满

山中一日（外一首）

□ 蔡小敏

枝叶遮蔓，到处旋转空的气息
风在调戏草茎的
露水，人被一粒鸟声拽着
孤单，跳跃

一只蜻蜓点中春天的穴位
在我眼角翻飞

一块无名氏的墓碑
光影静卧，石阶无人打扫
一地落叶，跟着我从右边上去
又转身，从左边下来

放　生

流经小区门口的那条江
经常有人组织放生活动
我在楼上看得清清楚楚
放生者还未把仪式全部搞完
站在不远处的捕捞者
已经准备好各种工具

他们互不相干,却好像
早就约好了一样

黑黑的灌木丛被月光打湿

□阮雪芳

黑黑的灌木丛被月光打湿
沙滩、台阶也是
想起万绿湖老朽的树头
滇池边怒放的海棠
枯木和红嘴海鸥,春天从空中绽放
就在过去的冬日
少年沿着大梅沙
矫健的身体在波浪中搏击
钻进嘴里的咸和苦
寒冷有如成长的疼痛
无边水下
恐惧是一匹孤独的海马
大海的力量教会他
镇静
吞吐出水面喧嚣的光

以上选自微信公众号"旷馥斋"

绝句（外一首）

□马宝龙

唐。长衫。对花
对月对着自己豪饮
醉了，就在墙壁上题诗
人来读，或者风来读
谁又在乎

菩萨蛮

树叶枯萎了，地上落了一层
雪花枯萎了，落在树叶上
它们都有止不住的悲伤，想落就落
而我在风中
除了眼泪
什么也落不下来
掉眼泪
也是年轻时候的事了
现在　我连眼泪都没有
我真的一无所有
大哭干什么
愤怒干什么
你看田野中的稻草人

秋天已经过去
它还站在一片大雪里
一片大雪,连接着天与地
远近都是白茫茫

木耳(外一首)

□雁无伤

不要告诉一枚木耳,
它是木耳。
它就会踏踏实实长在树上。
认为自己是片树叶子。
觉得自己是绿的,
渴求阳光,
趁着春天向上生长。
不要告诉它,
它就不会启用它的听觉,
在风声渐起的时候,
听到发呆。
听到出神。
听到满心的雨水,沉沉地低垂。

鼹 鼠

那些土丘,
移动着,
一点点变高,
变牢固。
它们还在土里干活,
固执到谁也不理。
遇到才哼一声。

坏脾气的鼹鼠,
盲眼睛的鼹鼠,
再忙,
也要爱你们的土丘啊!
隧道也要爱。
还有坚实的根茎。
软弱的昆虫。
春天来了。
夏天来了。
秋天来了。
地面上冒出花儿,
花儿换了又换,
不必计较,
冬天你们就睡了。

在其余醒着的夜晚,

劳作之后，
休息之前，
土丘口探出圆脑袋，
尖的嘴，
毛茸茸的胖身体。
它们准确地找到月亮，
朝着那个方向，
在有或者无的光里，
静静停着，
等风吹过去，
眯起小眼睛——
这是你们独有的，
可被理解的精神生活。

笼　子

□赵力

我努力把笼子买得大一些
可它们能飞的距离
也只有五十公分
准确地说是可以跳跃五十公分
适应是个可怕的东西
它们越来越享受送到嘴边的食物
也学会了讨好、谄媚
每次看到我都会发出清脆的叫声

即使不孵仔也会生出几个蛋
我把门子打开
我把门子拆掉
它们都视而不见

陷

□罗燕廷

到了夜里,村子陷得更深了

村子里的人,丢掉锄头和月色
隐匿在一个阳光明媚的春天里

只有虫子的叫声,狂热地
浮上来。像一群积极入世的书生

荒草不再潦倒,叶尖越过断壁
远处看,就像一个空洞的鸟巢

月亮费了好大的劲爬过
牛头山,却发现没什么可照

只好一会儿把雪铺在门前
一会儿又把霜涂在瓦顶上

以上选自微信公众号"莲花下的淤泥"

与时间在一起（外一首）

□杨 角

时间一直与我们在一起
在山里走累了
选一处背阴的地方坐下来
时间坐下来
风也就坐下来
温驯的阳光像一群绵羊围坐四周

与时间在一起的日子
是最充实的
仿佛怀里抱着自己的孙儿

我们说一个人死了
其实就是说他已和时间走散
或者干脆
就叫被时间抛弃

养蜂人

他们是至今仍健在的地主
雇了一群苦命的蜜蜂

每年春上,剥削登峰造极
它们早出晚归,给每朵菜花送去人间的书信
养蜂人在数点钞票的时候只顾微笑
忘了给它们开工资
忘了一群悻悻离去的贫农,和雇农

采菊(外一首)
——读石涛

□育邦

也许该挥手道别,也许该悄然啜泣
你的双眼幽冥澄澈

闪烁着佗偗之光
山河旧梦,在其中明灭

从有限的大悲哀与大羞耻中
你萃取了世界的普遍性

当你注视这世界
石头便开始歌唱

你所构建的微弱平衡
来自自我忏悔与必然的溃败

秋天来临,你采撷一朵菊花
作为隐秘的星辰,贴上脸庞

迷楼
——给臧北

暴雨如注,尘世如海
迷楼幻化为寺庙
佛陀谆谆教导我们
遗忘是最好的修行

欲望信仰者
在繁缛的历史限制下
溃败于道德之轴
留下了琼花、谜语和一连串非确定性王国
背叛肉体与远方
仿佛我们从来都不曾年轻过

蜀冈静穆
如大地上的一叶扁舟
向我们运送
凋零的鲜花和最后的怜悯

死亡与尘埃
固守着纯粹修辞——
迷楼不是迷楼
迷楼还是迷楼

瓷瓶上的花儿

□平凡人

抚摸过欲望的手指
让这朵花儿,五百年,开得纹丝不动
一只隐忍内敛的困兽
在星子闪烁不停的光线里
褪去满身的芒刺

烈火的审判降临之后
嵌有俊俏病的灵魂就活在了神的肺上
哦!一小片春天疯掉了
花儿反复绽放
火焰烧穿了无数个冬天

岁月的封面上,都是时间的提取物
一茬又一茬的人在自己的身体里挖掘

挖掘,一支多情的口琴

十二月赠别

□艾非

圣诞的野花,就要为离席缤纷?
是的,我们曾是亲密的人,在夜晚
分泌浆果。甜蜜兴奋偷袭那昔日光影,
却被锈蚀的灯泡曝光我们的清晰面目?

这临行的乌托邦,敷着昨日的红面膜,
将吸附的温度交给你,为我雪白的身份,
读取一些晶莹透彻的空旷。诚如
一次性走完的历史街头被海水淹没。

你递来湿漉漉的消息,言说
更多遁形的门:语言生动的世界
有思绪困境,我理解你,晚风掩饰时辰。

雪,迟于时辰,那就走进火锅店,
将麻辣微辣中强辣,围困舌尖上的周国。
紧接着就是她流失,将盐水化合物焐热?
我们必须明白:自然是落幕唯一的疗法。

在他乡,我们还有相席而谈,野花缤纷。

空　山

□裴郁平

雪把山堆成了白色，藏在山里的马群，
牛群和我成了朋友
风里吹的是戈壁滩和沙漠的录音，
绿洲在梦里看着一只狼在飘浮的云里
所有畏惧的事情都感到一种激动，
孤独寂寞会让空气爆炸，山谷和山峰害怕没有人光临
西部的尘埃里没有拥挤的感觉，
苍茫会让太阳失去温度，
太阳也只想做一个过客
问过月亮的朋友，为什么总会到荒凉的山里寻找梦想，
星星摇摇头　一言不发　躲进了云雾
雪野看着马群，牛群，羊群
还有盘旋在空中的苍鹰，都在沉默中奔向自己的神山

以上选自微信公众号"长淮诗典"

卖藤椅的人（外一首）

□汪抒

卖藤椅的人，正值中年。

经年的热血已经变轻
变成眼前
这几只藤椅。

他仿佛有一个秘密的住所,和
秘密的加工场地。
编制藤椅的情景和过程
都被遮掩,
都被虚笔淡淡地带过。

他从不坐在这几只
被出售的藤椅上,
而是蹲在路边。
多么诚实的主人呵,椅子们都
飘飘欲仙
它们终将飞走。
而他将孤独地留下来,
用两只脚牢牢地踏住
这被他的淡泊反复染就的人间。

奔 波

一艘船正在行驶
舱中装满石头

这些石头,来自一个码头
现在要运送到另一个码头

这里没有山,河网密布
我所见到的石头
几乎都是在船舱之中

一瞥中的片段
可能就是它的终生
似乎它们永远不会上岸,永远
都奔波在被运输的路上

云和雨(外一首)

□赵少刚

我用枯枝装点漂亮的花瓶时
突然想起某年放在窗台上那朵
白色小花
它枯萎的样子
像爱情
春天醒来　大片的云朵
经过我和你的誓言
她们重逢　分开　直到成为另一种存在
远远的身后
是淠河岸边青青的河草
等待渡河的人　习惯望着水面思索
落雨时　河边奶奶庙

雨滴檀香　袅袅烟云
我曾许愿……
花开时我在　花落时我在。

云飘了很远　直到遇到让她落泪的伴
雨在野，在心。

如我盛开

写一首诗
说说我自己
其实
年轻时喜欢风过柳梢
喜欢月朦胧中的心跳
如同
今天　喜欢你
莞尔一笑　带起的整个春天
可我老了
花儿正好 。伸出手臂环抱水波里
绽放的时光
皲裂的树干边散落年轮的痕迹
惊蛰之前
大地寂静得空虚满含深情。

墙角的花　只为你谢
如我盛开

枯枝（外一首）

□孙淮田

就是要从料峭中走下来
就是放弃天空的空，去迎接一个人
一个雪地里拾柴的人
一双人间温暖的手

大雪辞

无数只天鹅落下来
落在楼顶上、树冠上
落在人的心尖上

人民银行对面马路上
昔日多彩、灰尘飞扬的车流
仿佛一下子，被洁白温暖的羽毛
覆盖了

人与自然的通灵，融洽得
多么和谐
多么让银行门前蜷缩着的那个乞丐
显得格外突兀

是的,他是人间天堂里覆盖不了的
一粒灰尘,冻疮和
耻辱

以上选自微信公众号"抵达"

再生(外一首)

□龚学明

再生的河水拥挤着向前
小心翼翼。与桥洞、岩壁用亲切眼神
轻轻招呼。热情的光
覆盖清亮世界,像在对再次
相遇道贺。

每天的分手都是永远
我们以再生的心情回到故旧
庆幸所遇,充满惊喜

轻

光退隐,河水的影子淡如烟
风收回裸露的低语
羽毛在潜意识中微漾

不愿触碰的鸟鸣居于
合拢的眼神。神双手合十
调息后的天空薄如蝉翼
我在生活的清澈水面上浅眠
指尖的气息送一个"轻"字到岁月之上

酒后八行（外一首）

□张阿克

这场筵席，是燕王布下的，也是
楚王布下的。席间，我们饮酒，饮下
我们的心和肺，还有我们
对诗歌的热情和对生活的倦意。
多少年，我们一直在寻找一种
两全的东西：用精神作抵押，用肉身
作赌注。光阴无言，只管消逝——
冬日开出泪花，夏日开出衰败。

雪

天空有冤屈。大雪已经下了一夜，
到了白日，还在一个劲地往下落。

人间都变成什么样了。万物绷着脸，

有多少它们不愿说出的隐痛。

大雪没有言语。大雪用短暂的纯色
给这人间喂食一颗制幻剂。

——需要一场虚构来加深麻木：
每个人都乐在其中，乐见其白。

禅月庵（外一首）

□石玉坤

山腰见庵，庵门半合
仿佛谁忍住不说尽的哀愁

庵院闲寂，隙地杂植花木
月季花红，栀子花白

鸟鸣掉下嫩枝，老尼劈竹
从高处引山泉饮

上山的石阶，一级跟着一级
像不断丢下的人世之苦

梨　花

一冬白雪培植出的白
比微笑更具体

素洁的女儿，逃离法海的白蛇
嘴唇苍白

一个人所能到达的清白
再向前一步就要自焚

梨花亮着，在枝头
就像坦白者说出的真话

以上选自微信公众号"八行诗的实验和探索"

火的聚义

□蝈蝈

山林里修长的铁栎
时常与山风说些漫无边际的事情
每至深秋，它就抛下颗颗橡子
上面记着简单的对话

大多时候隐士们都在率性生长
身上的皮肤裂出好看的花纹
偶尔引来松鼠
替它收拾下泛滥的棋局
其中几棵，献出坚硬的肢体
在利斧的齿间死去
分散的兄弟，在火炉里重逢
人间的严冬就这样可耻地明亮起来

病梅记

□小米

请让梅树活在荒山中，
请让梅花开在
冬天，野外。

请让梅树自然成长，
请让梅枝，被雪压弯，被风拉直。

请让梅树，不因你爱，
弓腰曲枝，离乡弃土。

打水漂

□朱旭东

我有曾经在水中做石头的日子
内敛，寡言，远离尘埃
欲望的版图布满青苔
在充足的泪水里心肠变硬
那些被流水轻易带走的一切
我都忍受得了分离、失去
若不是看见一块石头
踩着水花逆流而来
漂出金光闪闪的弧线
一段扁平的往事
不会从清冷、幽暗的水底
被打捞出来
从乱石堆积的河床底部
踩着水花漂进我心里
卷起一堆夏日的雪

以上选自微信公众号"陇南青年文学"

尽余欢（外二首）

□马占祥

我荒废的夜晚漫长。山河抽象：风吹不动矗着的槐树
槐树不值得书写——槐树总是在凋落最后一片叶子之后
才肯把骨头露出来，等春风再次吹拂
我还保留昨天的余温，给你的信笺上小楷写出花朵的抒情
不像个坏人：说往事，说掌故，说我还爱着你，像个孩子
一个字一个字地说
有时忘了断句，忘了像写诗一样，省略掉出处

阳春歌

初春应有之景：花朵开在诗书的字里行间
有的开在天空：白色的、透明的——落下来
只为照料苍黄人间。向晚之风
扛着窃取的厚密云朵走在郊区的小路上
这时节，应该是一个人的盛宴
一个重新活一次的人，还有很多空白需要补上
另一个人的想念

相隔的楼宇都是万水千山。击节而歌者歌曰
"山有木兮木有枝"

"日月昭昭乎浸已驰"
我爱的地方：一座背山临水小城，有小段落的故事
在阳春次第出场的物事：手持大丽花的人艳俗
满面枝条的槐树告老还乡
南风吹来，实不能抚慰我心中戚戚

月　亮

一公里的路。沿途的香茅草、大丽花、芨芨草和
水蓬都是安静的。村子就在不远处，沿途的路年已古稀
原野在暮色中铺开无边空虚，呈现的是淡黑色：潦草、单调
前面等我的人亮着：披着月光，有着陡峭的静默的阴影
我想在暗夜里敲响多年未曾响起的门声，未曾预料
一道光照着我，照着我二十年前就已昏暗的两眼烛火
以及蕴藏的微微刺痛的闪电

高原之树（外二首）

□陈人杰

再怎么生长
也长不成江南

它自成逻辑
自有一生

从根尖到叶梢
锁住鹅毛大雪

风吹不走它的影子
风找不到它孤独的理由

木碗被置于山巅

木碗被置于谜一样的山巅
十万群山和星空围着它旋转
十万众生匍匐在下

木碗被置于谜一样的山巅
一颗干净的心在白云里等我
我已无任何眷恋
白云放逐,雨落向四方
万物归尘,大海收留了深不可测的一切

木碗被置于谜一样的山巅
它在高处收留了大地的一生
一天轻描淡写,自由渺小而多风
当我再次看见
天空像一口倒扣的大碗
米粒一样的星啜饮着寥廓

有风吹过

天天如此,风总在互相嬉戏追逐
小脚丫从不让人看见
它走过那么多地方
所以对我说
在大地或天上行走,翻过一座又一座雪峰
永不放弃又不矜夸的人
是行者

2018年的第一首诗(外二首)

□林珊

乌鸦还在喝水,一群麻雀在飞。
书本之外,古老的河流光滑如锦缎。
更近的地方,篱笆孤寂,茅草枯萎。
红萝卜紧挨着大白菜,
豌豆苗抽出新鲜的嫩枝。
一个老人提着一只木桶走过来,
她的灰围裙上沾满了尘土。
一连几日,我在光秃秃的柳树下枯坐。
起伏的风声并没有带走什么,
叮咛的流水并没有带走什么。

现在,我的声音顺从了我的内心,
我终于变成一个,和你一样沉默的人。

雪

雪引领了一切。雪落满孤寂的山村
雪落满低矮的屋檐。我不知道一场雪
究竟会给多少人带来记忆中的清愁
往事里的碎片。我更愿意写下的
是雪给予我们的——
缟素的世界,古老的人间
是那么多的白天使,在阳光的普照下
不动声色,缓缓消失在我们的眼前

玉舍村

我一直相信,这个村庄
一定还遵循着一些古老的法则

金黄的落日曾点燃一个瞎子的眼睛
朱红的棺木曾守护众多老人的梦境
山崖上的巨石反复接受虔诚的朝拜
年迈的老妪突然面朝神龛念念有词

现在,我再也看不到这些
现在,我再也听不到这些

现在，菜园荒芜，炊烟稀疏
现在，河流干涸，星宿悬浮

我也曾有六年的时光，属于这个村庄
它总是在很多个苍茫的夜晚，让我
长久地，站在回忆的废墟里——
默不作声

镰刀（外二首）

□郭晓琦

用铁镰砍苞谷，砍高粱，砍垂下头颅的向日葵
用夹镰刮紫花苜蓿，刮蒿草
用刃镰割麦子，割大洼上的苦荞
在土塬上，这是让一个庄稼汉痛快的事情——

但那些年黑渠口荒凉。父亲黝黑，莽撞
他饿着肚子，手提一把镰刀
砍日月。他
砍断过一只馋羊的麻秆腿
打折过一只瘦狼的豆腐腰

如今，父亲衰老，佝偻
像挂在屋檐下的
一弯老镰刀

萎缩在红褐色的铁锈里，已闪现不出冷冷的青光——

少　年

跪在坟前的少年
叩头、啜泣……
沉沉的暮色，沿着他瘦弱而单薄的脊梁
垂下来——

他恍惚，他战栗——
他一定是停留在那个秋风瑟瑟的日子
停留在那片狼藉的工地前
他清晰地看见父亲，像一片枯黄的
轻飘飘的叶子，从一座高楼上
飞下来，向着他飞下来
手里依然紧紧地捏着
一把亮晃晃的套筒扳手
一根弯曲的绑扎钩

……晚风开始嘶嘶的叫
吹坟阙上一簇孤零零的苦蒿草
吹坟阙上一朵孤零零的小白花
吹孤零零的少年

当咸涩的泪水
一点一点地搬出他身体里的阴影、冷和疼痛后
跪在坟前的少年

忽地站起来,拍打身上的尘土
在渐次亮起来的灯光里
他看上去比任何时候都豁亮,都高大——

喇叭花

喇叭花的细藤努力了无数次
也没有爬上
一堵矮墙

酷夏如炉
大地生烟

而清凉之雨水,遥远——

喇叭花的细藤虚弱、发黄,已经没有一丝力气
爬上矮墙
没有一丝力气
掏出它精致的小喇叭,吹奏——

在熙园（外一首）

□李满强

斑驳的石墙上,草莽葳蕤

有着攻城掠地的势头
而门扉半掩，像一个
欲言又止的人

穿过门前的小巷，就可直达江边
彼时，夜观天象的蜀地少年
锦衣夜行。出渡口，乘轻舟
终于抵达梦想中的江湖

彼时，恰是乱世，可翻云覆雨
可弯弓射雕。而他竟忘了
头顶的北斗七星。迷路的猎手
最终难逃被狩猎的命运——

时隔多年，当我以一个旁观者的身份
来到熙园。那民国的盛宴
已经杯盏狼藉，只余一缕酒香
久久挥之不去

朱　鹮

我曾有幸看到过她们。那白色的
吉祥之鸟。在陕西洋县的黄昏
她们从稻田里飞过，落在高大的
乔木树冠上。宛若天使
守卫着最后一丝即将消失的光线

这让我想起她们经历过的死亡
这些美丽的云朵,曾经在这个蓝色星球上
和日月、流水一起,度过6500万年的时光
比所有的神灵还要古老。但这自然的教科书
差点毁坏于我们之手

但毕竟活下来了。在洋县姚家沟村
在亚洲。朱鹮们自由觅食,繁育后代
这世界容得下豺狼和鼹鼠。也该容得下
蚂蚁和飞翔。朱鹮,朱鹮
如果人类不小心睡着了,也请你
用翅膀喊醒他

柔软的事物(外二首)

□段若兮

那些柔软的事物让我驻足:
妈妈俯下身用额头蹭孩子的鼻梁
园艺师把踩坏的花朵扶正,重新培土
蜗牛爬过水泥墙,留下细线样的湿痕
老夫妻走在夕阳里相互挽扶的背影
一件旧衣上细密的针脚、体温
那个人还未说话却已湿润的目光

柔软的事物都有棉质的心肠

溪水一样光亮的额头
正如此刻,深夜小巷尽头的路灯
用一束光抱住我
把我抱紧

盲　童

你用手指读一朵花的眉骨,唇线
用鼻翼读香味
用耳朵捕捉虫鸣的振幅,春风的经纬线
用皮肤感受雨滴的形状和凉意
半仰着脸时一定是在和神灵说话,那一刻
你辽阔的额头上阳光盛大

这个世上让我心疼的事情已经太少了
比如刚刚被你读懂的春天就要凋谢了
比如你仍然努力睁大着空洞无神的眼眶

遥远的男人

把他从自己的身体里搬出来
就放在最近的对面

他和你之间隔着很多距离
很多时间
隔着很多男人和女人

很多个季节和很多场雪
很多次醉酒与醉酒后的清醒
还隔着很多语言和不会说话的故事
你可以去凝望　或者心疼
但一定不能去拥抱
这么遥远　遥远到只愿看这一眼
只愿见这一次

见过这一次后
后半生
就要一直陌生

歌唱的秘密（外一首）

□江一苇

我第一次开口唱歌
是一九八八年。
那年我六岁，家贫，买不起电视。
每次看完电视从大伯家出来，
我都要独自面对黑夜。
我都感到
背后有脚步在追赶我。
后来，在慢慢的成长中，
很多爱好都半途而废，
只有唱歌，作为一项生存技能

被我保留下来。
这让很多人都以为我很有理想，
在介绍我时都不忘加上
此人酷爱音乐。
我也从不辩驳。
人生在世，恐惧的事那么多，
我不能让人知道我的脆弱
我需要歌唱来为自己壮胆，
以便好好活着。

游马鹿山

无非是一座石山，拔地而起，耸入云端，
无非是一截断崖，鬼斧神工，深入谷底。

如果我能爬上山顶，我是否就能触摸到白云？
如果我能深入谷底，我是否就能断了与尘世的联系？

我能做些什么？我焚香跪拜，双手合十
谁能说我不够虔诚？

可我听到的，
依然是寺门外大片的嘈杂声。

一个尼姑，几个僧侣，两座不同的寺庙
依着这些从不说话的菩萨，而成了神。

一些痴男，一些怨女，因红尘琐事，
而将这里变成了另一个闹市区。

或许我本不该来到这里，
但我知道，我终究还是会来到这里。

这感觉大概就像是：我用牙疼缓解胃疼，
用原来的你，忘记现在的你。

小村之歌（外一首）

□ 离 离

我就喜欢叫她六一村
像个永远长不大的孩子一样的村子

一茬又一茬的孩子在村口玩耍
在老树下画圈，玩过家家，然后
娶亲，生子

我们都要老了，村里的老人们怎么办
他们活不动了，我们会
亲手埋了他们
我们都要老了，那些我们放牧过的牲口怎么办
它们吃不动草了，我们会
宰了它们

黄沙又漫进心里
我们该怎么办

夜之歌

难眠的不止一个夜晚
因为没有光
大概是深夜　我捂着被子
躲在冬天里

天冷，是肯定的
天黑，是肯定的
我躲着光，证明
我已经不爱他了

父亲的旧照片

□陈小素

照片上的少年多像个小文青
头发偏分，眉宇清秀
目光里种着阳光，和青草

这个当年有名的小鼓手

一身黑色的学生服把多少创痍
都藏在身后——
被变卖时吹过褴褛的风，落在他脸上的雪
饥饿，眼疾，文字狱里的囚犯
癌症患者，母亲嘴里一个"没福的鬼"……

他活着时，嗜酒，失眠，终日像一只谋粮的蚂蚁
临了，却只剩一把皮包着的骨头
蜷缩在窑庄上的夜影里……

这个打鼓的少年，有多少悸动击痛过鼓皮
就有多少乌云堵上过他的喉咙
我看着他
在一张老旧的黑白照片上
时间和命运尚未消解他的身形
中年的儒雅也已指日可待
他微笑的样子，就像身体里
埋着一条甜蜜的河，在未知的生活到来之前
流淌，被微风吹送

更古（外一首）

□刚杰·索木东

沿龙江向下
地势平坦的河谷

就是伯母的娘家
满院子的青核桃
让不知滋味的少年
牢牢记住了
夏日的苦涩

之后,我的亲人们
反复经历了人世的悲欢离合
——记得那年,从拉萨归来
姨娘的额头,安静地贴着
几缕白发

白　云

我们在上游炸下的肥鱼
白白便宜了,住在下游的
林业局子弟——
他们,都来自遥远的外地

金黄色的蘑菇晒满了檐下
那个夏天,表妹突然就长大了
满屋子都是羞涩的味道

遗迹（外一首）

□张琳

巷子口那座观音庙
已经不在了

偶尔，还有人
在那里焚香，燃烛

就像早些年，神像被毁坏的时候
依然有人跪拜着

就像更早些年，小庙刚落成的时候
人们经常在里面祈祷

不大的一片空地，有些草
在雨后高出了地面

绿茵茵的，像一些美好的愿望
自顾自地生长着……

愧　意

一个人在月亮下浪费月光
用不用忏悔？

一个人在草地上碰落露水
用不用忏悔？

你看，迎面来了
两个人——

一个叫春天，一个叫冬天。
同样是花开

没有人看见我
那年陪着狄金森开，那年陪着普拉斯开

那年，春天和冬天陪着我
拼了命，想开成一见钟情的辛波丝卡。

每个枝头都住着一个村庄（外一首）

□陈宝全

你的神在寺庙里，他低头盯着脚尖
像看见一条河流淌着血色的汁液

你若心怀虔诚
就会看见每个枝头都住着一个村庄
里面有你的父母妻儿、土地牛羊

所有的叶子指向不同的方向
就像很多时候，我在不同的地方游荡
可我时时都要回头张望，因为终有一天
我和你一样，免不了要自投罗网

良 宵

山野风清月明，我一个人坐着
群山伸向远方，像看不清的未来
曾经马蹄踏下一个良宵，我们共度了
手里攥的汗帕，是你给我的最后一个良宵

野草丛生的旷野，月亮闪着寒光
为数不多的星星，是我认识的几个

后来被虫鸣叫走了,地里的庄稼茂盛
它们不哭,我哭了,谁也没有听到

好像在梦中,她递给我一个眼神
天就亮了,身边的事物逐渐睁开了睡眼
一条路摆在村庄的眼前,我却不想走了

以上选自"酒杯与星空"微信群

前朝的余孽(外一首)

□严琼丽

书生放下手中的旧卷,老巷再无前朝的迹象
他剪短了自己的头发,烧了收藏已久的朝服
他的青春尚未殆尽啊,他推开门
走向昔日的街头
繁华依旧
昂头作诗,饮茶填词已是昨日的日常
而今日,靠近春天他也颓废至极
他提着瓶装泉水,成团的粉扑向他
企图扼杀他的纯真
他一口饮尽瓶中之水,没有丁点醉意
远离是非之地,他向路过的老妇哭诉
没有人同情他,同情他这个前朝的余孽

我尝试撕裂的

三月末,我收集零落的姑娘
把她们铺成花瓣的样子
我坐在月亮中间的树枝上
等待一场浩浩荡荡的风
攒足力量
去撕裂我尝试撕裂的
二十二岁的最后一刻

无人知道的萧小姐(外一首)

□李昀璐

如果我有一百个名字,就重识你九十九次
一边挨着急促的厌倦:它周期不定
但精确降临。一边手植新的分身

换置已被厌弃的姓氏,虚构不同身世
借走一张又一张画皮,我在所有的战役中
败走复又重新折回,交出指南针、地球仪

和圈养的野狐狸,交出漫过我头顶
又让我无数次侥幸逃脱的夜晚

却死守最后一个名字

它与你同一个姓氏，只能生在
青白色的碑石
里面藏着九十九个死灰复燃的春天

立　春

有些东西要苏醒，还有一些在
沉睡，或者假装沉睡
即使醒来，仍无计可施的选择
日复一日的重复、抄袭自己

渴望陪伴胜过渴望爱
因而千千万万人
都面目模糊，你依靠的爱人
不过是一具具鲜艳的花草
定时抽枝开花，在剔骨的寒冷
与狂躁的炙热之外
按时奉上毫无生气的温暖

萨雅寺（外二首）

□阿卓日古

萨雅寺上，没有许愿的人
只有蒙上灰尘的路程
萨雅寺上，没有顶礼膜拜的信徒
只有沉默的添油者
披着厚重的僧袍
只有大地上灰头土脸的
热火朝天的人民
在清晨挑水生火
萨雅寺上，这个冬天会下雪
在山口，也会落满
在远处的石丫口，火葬场边的小村庄
也会有亲人，铲雪
为水窖添满

拦　住

被塌方拦住
其实去路，并没有那么重要
其实时间，并没有那么急促
和父亲站在江边
听老司机说哪里适合下鱼饵

哪里适合坐上一下午
和母亲站在江边
听远处的女人
苦苦哀求丈夫，不要走太远
和无数的阳光站立，让旧木晒着阳光
让无数河流，在此交汇
让山头，无数的岩羊
慢慢地翻个身
不让一粒碎石滚落

净　土

所有的净土
都在路上，也在心底
所有没日没夜卖凉粉的人
坐在小地方
在树底，在江边
他们就是僧袍里高僧
用干净的眼神对待所有人
所有的公路，都是弯曲的
十八个弯道
仿佛十八节阶梯
把无数的人送上了山头
也把无数的人，拉回了江边
所有的岩石都是急促的
无数的碎石，会突然蹿进你怀里
而需要焐热的其实并不多

菩提（外二首）

□任如意

别去猜测菩提的年纪
也别猜测它是否接近神明
信它便够了
生出慈悲之心来
爱人、爱己
留心脚下的黑蚁
放走误入的蜻蜓
别再为一件事耿耿于怀
别顶撞唠叨的母亲

在地面上

桃花又要开了，荆棘也会生长起来
牧人将牛羊赶上山坡
太阳就升起来了。命运从水开始
以土结束。早已注定
这一生都要将地面当作归宿
低头、弯腰、下跪、磕头
成为佛的信徒
要虔诚，要心境平和

还要接纳每一朵花的凋零

谜

女人精于计算男人给的疼爱，也
精于收藏痛苦的时候，比如出轨
她要求男人做个了断，以死相逼
男人嘴硬心软，抬起的手又放下
叹气连连。一墙之隔
我听得清楚，又听得疑惑
爱情和婚姻，怎样才算完美
正确答案未必重要。结果也未必重要
才几天，墙壁那边的他们和好
还说情话

11月12日或泸州月

□李顺星

有时候，我们互为风景
和风暴。在长江边
浪花拍击的声音盖过我们
我们在浪花中短暂地活着
江水走得太快，时间会瓦解
美好的事物像天上的月亮

在流水中从不会被拆除

"人和人就应该永远相爱"
你很认真地说,此刻四野里仿佛只有
你的声音。我们拥抱或是凝望
羞愧或是爱,都合着光辉缓慢
地爬升。江水上都是晃荡的白
亲爱的,泸州今晚的月色很美
我们晚一点回昭通也没关系

深夜了,你抱着明月睡去
我小心翼翼地垂钓着你身体里
可以随时惊醒你的任何一滴涛声

夜湘江

□陈景涛

一些灯光高悬于对岸
另一些灯光追着游船,在江心掉头
还有一些灯光,正在江面摔得粉碎
江底,水族还吞吐着黑暗。而岸这边
今夜风冷,白头的芦苇空出一个身位
我站在其中,如冰入水,成为湘江的一部分
我站着不动,只想看看这不息的水声
还要多久,才能从我的身体里

冲刷出一整副鱼骨

校园里的跛脚男人

□何婷

我从不了解他,除了显露在外的身体残疾。
他经常拖着小拉车和一条右腿,往前穿行,
努力寻求节奏间的平衡。他一直往前走,
跛着腿,朝着双腿也不确定的方向。他能否
拥有一顿丰盛的晚餐?会不会有一两个女人
脱干净大胆躺在他的胸膛下?他会不会喂养
一只同样右腿残疾的黑猫?我卑微地喘息,
不能关心他的命运。有一次他走上来,问:
"这些都是你写的吗?"我点头,没有说话
嘴角扯出一抹微弱的弧度。那一双眼,他的
眼睛黑而亮,始终低垂着,被草帽给保护。
我戴上口罩,双手缩进袖管,只留身体尚还
完好的部分——眼睛,在寒冷的天气打颤。

以上选自"云南90后诗歌交流群"微信群

暴 露

□陈小三

垂柳落光叶子,暴露了沉船
——石头浮出了水面
水成了尘土,洒水车开过又成了冰
没什么需要打捞的了

杨树落光叶子,暴露了栅栏
园林局的工人为它们裹上绑腿
而汽车跑得像在逃逸
在一切事发现场

从外面回家,远远地看见
榆钱树落光叶子,暴露了房子
客居十年它仍然陌生
——房东已通知要收回装修、自住
搬家后它将会像故居般熟悉

——仰望枝杈上的鸟巢
它暴露了我

金樱子的叶子落了一地

□惭江

金樱子的叶子落了一地
一只瓢虫从洞眼里穿了过去
仿佛把秋天翻转到夏天
那缺失的一小块,早已隐匿于万物间
可是,现在它只有半个季节的宽度
你在这三种距离间徘徊
风吹过来,叶子也没有回答你

你想走进这片树叶
在它的一生中赶路
它阔大的沉寂里,听得见苍黄的低泣

内河的水,流过淡淡的凉

□赖微

会有些露水,打湿窗前的叶子
会有些灶台,爬上灶鸡子还俗的呼唤
坐在飘满落叶的坟头,妈妈
想着寒露过后,天要转凉

隐于花岗岩的坡岸上，高高的艾草
开过了一个花季，它短暂的摇曳
已到暮年。几块石头
散落在它的脚下
台风退去，洪水退去
辣蓼、水芋、败酱草，满身的泥污中
没有蛙鸣

短短的秋阳照着我。明天就是寒露了
妈妈。内河的水
缓缓流过，我的心上
有淡淡的凉

春夜之诗（组诗选三）

□李太黑

1

春天风大
沿途见鱼贯而出的登徒子
在你身边，小洛
我一个离开长安已久的男子
无名且寂寞
是找个无风的林子

坐下来
看桃花深处的你
还是试图把你和这个绸缎的春天
一起拥抱

2

夜色
我不知风往何处吹
银杏开始抽新芽
跨江廊桥快要抵达粉妆
南方和江南只一字之差
怎样的命运可以抵达江右这个彼岸
马路上有芸芸众生
和你和我一样
遥远、淡漠
无心观柳的人们
只缘于勾魂的桃花

3

每当我搜索你的踪迹
每当我凝视你的模样
这溢满的夜色，又有何处可去
每当，每当
我的身体长满了春雷、雨水和青草
我的月色在燃烧
我看见你身上的杜鹃，开在春夜里
春夜迷漫着你娇柔的嗓音
那已是我开败的祖国和江山

夜色是狂欢后的烟花
挽留我的,是佛音还是枷锁?
可是,我爱的人儿
我又何尝在汹涌的人间看到了你

值　得

□叶来

阳光有值得喜悦的地方吗
从这句问句开始
落叶值得饱满
楼下的那两只狗
今日很安静
从此开始庸俗
飞机像一只大鸟
身形一转
所有喜悦是否婉转
都成为了羽毛
羽毛有值得赞美的吗
桉树允许发笑
光滑和笔直接纳天空
天空显得空旷
那么,它有值得抒情的吗
天空底下
拾纸屑的老妪

重度佝偻
从小巷经过
什么也没留下

以上选自"三明诗群驿站"微信群

花瓶（外一首）

□锦绣

插入玫瑰，幸福如香气扑鼻
插入竹子，你也具有高洁的品质
插入狗尾巴草，你就是众生
每天都庸人自扰
只有你空无一物的时候
你才是你——
你的腹内有天籁之音
你的唇星光熠熠

上帝有美意

我在思考一件困惑已久的事情
此刻的秋雨恰到好处，赐予我冷静，清醒
高楼深处，一群鸽子飞过
像一串串白色的泡沫，突然就不见了

松树绿得发亮，松塔发着黑光
而一地渐腐的松针，还保持着某种尖锐
像事件本身，那么久了
一想起，还让我感觉到新鲜的痛感
路边的波斯菊已停止炫耀，它仿佛明白
炫耀，其实是深深的自卑，或者
也是谎言？而凋零，是躲不过的命运
我持着一把伞，像一棵有着忧郁气质的树
我的思想，潮湿得已长出小蘑菇
雨渐停歇，天空渐明朗
我还没有得出答案
"是不是人生就要活得糊涂一些？"
或者，这就是上帝的美意？

酒（外一首）

□李若

它慢慢流入我的身体。肠胃是细长的河道
五谷杂粮又重新生长一次

鸟儿的空巢被稻香灌满，炊烟溢出村庄
晚风是清亮的，许多树睁大眼睛

在倾倒出黑夜之前，一些叶子哗啦啦响着
身背黄土的父亲，握住我的手

入秋的茅草不再喧闹,把岔路口的脚印抹去
只等空出一片月光,让我回到人间

余 音

我爱慕过的:你身后的宅院,宅院里的树
树荫下焚香的男人
他们互为影像。他们都更喜欢秋天的雨水

而你依然明亮。在一首诗中种下青春的影子
风细小又可爱,多年前的情话被你
一次次重新提起

可是喧嚣多么让人羞愧啊。我要把用旧了的爱
装订起来,在你的身体里
秘密进行

后遗症(外一首)

□黄志萍

多么沮丧
一个女人
一生不知该如何称呼她的孩子

我甚至忘记了他的生辰和死期
偶尔在深夜想起
那个只在我身体里呼吸了四十几天的小人儿
内心也丝毫没有负罪感

只是自那之后
落下了腹痛的毛病

一想就疼
一疼,就能清晰地听见
小腹之内
有人在哭在笑在唱歌
有人在等我给他
起一个好听的名字

捡橡子的人

五道沟林场
后山
她蜷缩成松鼠
蹲下身
以区别快步向前的同类

漫山的橡子有坚硬的壳
她有缓慢的
一步一低头的决心

这些触手可及的
被母体遗落的果实
仿佛可以耗尽
她一生的倔强和忍耐

风过子落
捡橡子的人
不肯丢掉
任何一个干瘪的孩子

泥草房像神搂着一群庄稼人

□陈光宏

总有一位老人领着青壮年
打夯奠基、砌筑上梁、苇编蒙顶
一群能工巧匠,不像盖房子
倒像从泥土里扶起沉睡的神
给它戴草笠,穿土袄
让它搂着庄稼人
搂着搂着,燕子来了,又飞走了
搂着搂着,两个人就搂成了一对、一群
搂着搂着,就把人搂进了泥土深处……
那些年,我和家人在它的檐下绕膝
像一群肥大笨拙的燕子,叽叽喳喳

那些年,总有老房子倒下;新房子拱出来
屋檐下走动着又一茬新人。仿佛
一些人架着泥草房走出了土地
而泥草房又带领人们回到了土中……

儿马的爱情

□柏君

大舅说
当年他曾赶着马车
给供销社运货
一次拉车的儿马
突然冲向
迎面而来的骒马
大舅连忙刹车
疯狂的儿马
不停地在原地打转
等它平静下来
已经有不少货物
从车上散落
以后再遇到骒马
大舅立刻
提前跳下车
他紧贴着马头
猛甩着鞭子

就这样
每次儿马
都是喘着粗气
在鞭影中
与骡马擦肩而过

像松塔那样在石头和沙砾中
产下时间的卵

□刘云芳

她没留意,二十年前
埋伏在我们少年时代的蛇
已经变成枯树和缆绳
山风在哭,她的头巾翻飞着
这个山沟里新晋的遗孀
用三颗酸枣和一把山楂
招待我们各自身后的孩子

一枚松塔裂着满身伤口
滚下悬崖　她
忽然搂紧两个红脸蛋的孩子
我想到,我们急于长大
却像松塔那样　一路向下
在石头中产下时间的卵

在谷底遇到自己
那传说中的勇敢　平凡的沙砾
野果　猛兽或者粮食

十一月

□冰凌花

从胸腔里取出落叶
从咽喉里取出火
当冬天轰隆隆地驶来
北风忽然就有了号令千军之力
它穿城而过
穿肠而归
穿过一个女人眼里幽黑的漩涡
穿过她绯红不歇的咳嗽
而建华北路的沉默更深了
在风暴中央
在废墟之上
一场大雨已把霜花换了冰花
可惜深情错付
辜负了水的柔软和剔透
十一月的阳光坚硬凉薄，如铁屑
所有被锤炼的事物
都已交出了滚烫的一生

以上选自"凤凰诗群"微信群

我仍旧无法深知（外二首）

□沈鱼

晨起大雾，无法辨明事物的本来与暗影
对岸咫尺，面目却很模糊
如烟的尘世无法看透
把人从人群中区别出来，个体的命运
我仍旧无法深知
生老病死一己之悲，突然影响到那些为生存奔波的人
把人类从人身上提取出来，类似的结果
不是责任，不是怜惜，不是嚎啕
那些大雾，远看多么艰难，近身啥也没有
那些噩梦缠身的人，醒来时露水浸透冬衣

晴　朗

蝴蝶的肉身还残存一些花粉。百合或牡丹
微温，疼。明月下霜气很重，但不是在谈论死
此时昙花绽放，却无香味
静夜，我没有悲哀需要倾诉，也没有事物
需要确认。我看见的镜子是湖水，湖水是天空
天空是你明净的肌肤，在滴水
这样的夜晚我愿称之为晴朗。

星辰,是不经意流下的泪水我表达为明媚
而旁边的乌云,是你临睡前的表情,平静如深渊,无人经过

种一棵不开花的树吧

种一棵不开花的树吧
不太欢喜也就不太伤心
认领一块乱石,慢慢养在怀里,直到
接受它全部的傲慢、自卑和丑陋

怨恨着,但不责备,遗憾也不必弥补
伤痕是清除不掉的
谁不是在羞愧里委屈地度过一生

不喜欢落叶,就砍掉枝条
不喜欢锐气,就磨掉棱角
一棵拒绝发芽的无花果树还没有彻底枯萎
一块面目可憎的磨刀石早已身心俱疲
你看它一副刀来剑往的筋骨
但是别摸
你一摸,所有执着过的神形都是憔悴粉末

马不停蹄的忧伤

□李晃

我那马不停蹄的忧伤,
踏碎了城市的打谷场。
爱我的人请将我遗忘;
我爱的人站在高高的山岗,
红绸飘扬,怎么也看不清
她那甜甜一笑的脸庞。
滴答来去的是掌上时光啊,
——我这马不停蹄的忧伤。
神,需要我重新回到台上,
为万物生长领唱一曲爱的乐章。

词根:父

□雷霆

我无法走出你的血液　父亲
每一次远行　我都知道
都会有更多的声音在你脸上老去
你给了我生命　和全部的启示

我是你壮年的树上落下的果
现在已经旧得殷红而醒目
我常年漂泊在外
安全抑或受到伤害
尽管这一切我都力所不及
可这伤害却给了我血缘的感觉
每一声沉重的呼吸
我们离死亡都更近一步
父亲　我们要到达的地方　很远
那里只有一抔黄土和一杯水
面对这最终的归宿
我们只有埋头走路　或是注视前方
忍受住身体内部的刺痛和溃疡
只是你　一直都走在我的前面
父亲　我无法走出你的血液
你是我生命中永恒的词根

以上选自"厦大诗群"微信群

天　涯

□朱红花

几辆空调大巴停靠在路边，等去天涯的人
想到天涯，我就想起十年前——
小薇从北京回来，我们去了酒吧街

我说我也想去天涯，小薇苦笑说——
在北方的时候，南方是天涯，在南方的时候
这里是天涯
喝完最后一杯，小薇说，天涯是什么？
天涯是穷人不眠不休的灯火
比如明天，比如浮云。比如我们在哪里重逢
哪里就是天涯

趋光性

□铃兰花开

我的储物柜里备有蜡烛，火柴，手电筒
我的房子有前窗，后窗，偏窗和天窗
我每天反复地仰头或者扭转脖颈
我睡着时，街灯、月光透过窗帘照亮我
我的一生都笼罩在光明里。

我拒绝黑暗。即便是我死了
我也拒绝躺在黑暗里
我会挤干身体里的水，枯叶一样跃入火中

用薄薄的灰烬裹着春天的草籽儿
借助梯子一样的锯齿草攀援

周围充满花

□于海棠

我们坐下,细风微凉
周围充满花

明亮的阳光落在
花瓣上,每一朵都在流动,种子在飞。

风拍打叶子轻轻回响
像爱突然降临到身边,如白鹭,湖水
和芒刺

周围充满花。

低处的重阳

□唐月

低处的好在于,无高可登。
安心在低处,会接近一些
更高级的事物。

譬如秸秆,譬如土豆,譬如泥巴。
我在火上烤它们,也烤自己。
小隐之水在黄昏的肌肤下
劈啪作响,一点也不油腻。

泡菜呢,有大蒜白皙的体香
也有十月阳光的辛辣。
可下饭,可下酒,亦可上月亮的头条。
如此爽口的诗句哪里去找。

泥土的手感好极了,宜以身相许。
窝在他怀里的时候
我就像他的女人,他的女儿,像另一撮
酥软的泥土。

巢

□以琳

我身陷这极深的自由
——巢
草菅人命的刑场,如两条无心遇见的河流
它们所抖落的关怀
是树梢上压低的落日,少数人眼里的刑具

我是一只黑鸟

和众多同僚一样,始终逃不脱人间烟火
黑瞳孔　白眼球
每一次坠落,都像极深的世俗
拼命贪婪
大地上的花草和剧毒

还想再怀抱一回,注满毒瘾的肉身
还想真实还原一回
这么多年被墓穴认领过的身世

以上选自"法兰西花朵艺术馆"微信群

腊八：致释迦牟尼（外一首）

□马力

除了铁轨能够奋不顾身地挤开暴雪
把我们送出此生困境,在一去不返的孤单旅途中
还有谁能指引悲喜交集的我们
途经广州、武汉、郑州、太原,回到故乡?
亲爱的释迦牟尼兄弟,想必你也同意
除夕将至,高铁比你更值得信仰和托付

立春：致垂柳

垂柳又绿江两岸

垂柳几乎独自形成了枯荣

垂柳细长腰身里供养着
喜悦的我与悲悯的我

垂柳下打坐的我
印证了引力波中假设出来的我

垂柳之上有行云流水的我
深深江底亦会有泥沙俱下的我

垂柳宏大,难以形容
中年慌张与觉悟难以形容

像风一样无家可归

□野人

一生都在奔跑,停不下来
自由散漫惯了,像一个坏孩子
从来不屑于走正路
有时,从屋顶的瓦棱上
有时是屋后的林梢,门口的草垛
有时候欢喜地携来一枝杨柳
有时候暗藏着泥沙,夹带着雨雪
风,一生都没有方向

找不到回家的路
有时候从东南
有时偏北
更多的时候四面都透着风
只因人世太过拥挤
风从来就没有葬身之地

生　死

□涂拥

与黄土猛然相遇，先是风景
后来就是皮肉分离
裸露出来的石头，像白骨嶙峋
车外闪过的绵羊
纵然成群，很难从石头中区分
都将头深深埋入土里
西北的冬天就要来临，大雪
也会积成石头，堆成绵羊一样的雪球
有人开始惦记羊肉汤
有人想添置一件新皮袄
可绵羊和石头都没动静
我想呼喊，声音却被风吹熄
无际黄土高原，只有黄河还活着
只有车辆在拼命

以上选自"东华诗群"微信群

真实之美（外一首）

□ 贾丽

我有一个下午的寂静
农家小院，李子花开了，杏花开了
细雨如丝

有一滴，停在花瓣上，欲滴未滴……
有一滴
停在心里，如春蚕吐丝……

小橘灯

整个晚上，一盏灯
静静地亮着。橘色的光线
没有皱褶，没有欲望。

我站在窗前，不是为了成为命运的风景
我只是想，在这辽阔的黑夜里
种下
一粒星辰般的红豆……
无论多少夜色
都无法让它停止发光……

致屈原

□郁芳

不敢写你的生,你的……死
我怕把你的生写低了
把你的死写轻了
五月里,你似乎是我
无法绕过的一位故人
无法看清你颠沛流离的一生……
无法读到你心里的哀伤
——我是一个胸无江山的女人
就连悲悯,也是小的
小到只是想悄悄问一声——
你在青史里……还好吗?
想你当年怀石投江
肯定是为了不再随波逐流
想你留下的几朵浪花
肯定是为了让我的目光更加清澈

无根百合

□李海芳

朋友送的一束百合
离开土壤之后
由三朵开成四朵
由四朵开成五朵
这种无根的生长
这种把自身当作土壤的怒放
让我想到楼下修鞋的闫小妹
硬是拖着两条残腿
把儿子送进了大学
又想到一位癌症妈妈
去世前为儿子织好了
从一岁穿到二十岁的毛衣
一位老教授，靠捡垃圾
支付上百名学生的学费
一位在南海上空与入侵者
同归于尽的飞行员
我想说的是，有多少人
也是把自身当作最后的土壤
如那株无根的百合一样
开到，不能再开

以上选自"红门写作营"微信群

有所忆（外一首）

□ 雪女

由于遇见你，我部分地长大了。
但我从没和你说过一句话。
钻天杨在半空喧哗，无垠旷野
都随我陷入了沉寂。
冰冷的针管，两三种药片，
医治着我的疑难症。
隔壁病房的少年，再一次
违背了医生的嘱咐。
就在那年秋天，我重拾信心，
谨慎维护着对成人世界的热忱。

无尽的长眠有如忍耐

整个上午，罗马新教徒墓园中的三只猫
和我一样踯躅、伫立、蹑手蹑脚。
它们比我更轻、更轻地踩向
这片虚无之地，仿佛为我探路。
男人在睡觉。女人在睡觉。小孩在睡觉。
被雕的天使也垂敛了羽翼，引颈入梦。
这无尽的长眠呵，有如忍耐

清晨幡然醒来的万物。
云雀清亮,乌鸦喑哑,
新的一天它们各有表述。
鲜花开得哀而不伤,松树
覆于其上,高展静穆之姿。
我前来拜谒的诗人——济慈和雪莱
已化身为崭新的蕨类植物,随风摆动。

一千只白鹤把我的亡灵送回故乡

□蒋雪峰

一千只白鹤把我的亡灵送回故乡
一千只白鹤在长空的哀鸣如星光灿烂
所有知道我名字的人啊
熟睡得多么宁静和安详
我已看见美梦在他们枕边开放
我留下的伤口初恋的嘴唇
依靠终身的事物
像茂密的甘蔗林
迅速地填补着我身后的黑暗
一千只白鹤洁净的羽毛
足够掩埋我的灰烬与错误
足够让我的灵魂与天空同归于尽

桃溪之忆

□雪克

五公里外的桃园
易主了。我抱过的桃树还在不在
那个女人也抱过桃树
也咬过桃枝
我吻花,花落
伸进桃溪的手,暖暖的
记得她有一声尖叫
若干年了,风还是那样吹
桃溪的水不再洁净。

锄　禾

□雪慈

选好的地
要披头散发地侍弄下去
山里的野花啊
请别笑我傻
天桥下的流浪汉
也请你抬头看看我

在燕山,我有哑巴的眼
也有瞎子的心
我的土地从不负我
你可以看见她
一年又一年
开满金黄色的小花

以上选自"雪国诗歌"微信群

有雾的早晨……(外一首)

□山羊胡子

有雾的早晨,我在岗坡。
村庄像灰白的纸片,旋在低洼处。
可以省略许多人,
或者忘掉抒情——
世界像个并不准确的标点,
卡在词语的间歇里。

在岗坡

沿着梯形的斜面,风声,鸟鸣,
在岗坡上起伏。

它们在松树上搭巢，
在喉囊里修筑乐园。自由，婉转，
像流动的壁画。

如今巨大的轰鸣声
在枝叶间摩擦，震颤，
让斑鸠和野雉变成了
惊悸的闪电——
深渊中的岗坡：
左边是坟地的松柏，
右边是落光叶子的椿树。

雨（外一首）

□兰昔

青色的烟雾，突然弥散开来
母亲抹着泪，往灶膛里
加了半块湿木柴，狗
突然跑去了门外，对它而言
下雨，意味着什么
玉米熟了。黑纱镜框上——
我的父亲，在听我们说话
雨。使一切变得明亮
而黏稠。毫无疑问
雨下在山中，是已经发生过

的一件事情
那时候，潮湿的空气
弥散着不确定的蓝，树枝上
有鸟，低着头
向着一朵黄色的野花

新年坟

从户口本上删除的村民。新年。
也是他们的节日。

部分空坟，暂时还空着。在春天。
哪些亲人会领受这最后的礼物？

来到墓地，我们
叩拜。沉默。苍耳的枯枝
咬着墓顶的薄土。

父亲。时间的惩罚与赠予
如此繁复，如同欢笑。悲伤。

回去的路上，一只单飞的喜鹊——
斜斜地擦过黄昏的树枝。仿佛
拍打着一身的雪，仿佛就要，点燃我。

城里的羊群

□念小丫

城里的羊群在天上
没有大面积的
青草,没有望不到边的庄稼地
沿着道牙走路的女人,建筑群不断
缩小她
视线再远——
都被限定范围。她练习坐井观天的本领
每天都看
天上的羊群,每天羊群都在减少
大风吹散她的羊群
大雨把羊群放逐人间
随尘埃
与走道牙的女人,一起消隐

以上选自"射门诗报"微信群

底线(外一首)

□蓝宝石

还没有让出底线

雪花彻夜无眠，它要让出的
花瓣已经在深夜，折断过
它需要遵从，完全拥有最初的样子
它还不曾
让自己残缺，光线证明
那缩为一团的，因为春天的到来
因为温暖，已经老去
背脊躬着
背脊抬起，都要借助风的力量
抖落出潮湿，借助一只眼睛
奔涌而出

记　　录

我时常把，真心流露的欢喜
记录下来，时常会晒一天的太阳
晒透自己
那些潮湿与阴冷
我已准备好应对措施
它们渐渐离去，不断减少的伤痛
已萎缩
芦苇的干枝矮小下去
人慢慢又回到童年
耳边是水声
森林里，到处充满水声

木叶下

□江南梦回

每棵树都是一个星球
每片叶子对应一个灵魂,叶子下藏着眼睛
他们是叶子的眼睛,蝉的眼睛
是瓢虫、蝴蝶、蜻蜓、小鸟的眼睛
他们有平缓的呼吸,有不一样的语言
叶下侥幸开出花朵,结成果子
我们路过不同的树荫
风在枝丫间摇动
秋日里,张开又收拢的黄昏

春夜(外一首)

□浅韵凝

在一堆星星里,找出溪水和桃花
长得好看的事物,像风,像雨滴,唯独不像你

月光白是名字,是信封末尾的好日期
饮酒,写让人的脸红的小情诗
说"春夜柔软,岂止划过美人的锁骨和脚趾"

雨水来了,月光藏进蔷薇花架里
江南的春天永远在下雨,你来时,记得穿上雨衣

那　年

那年的雨水、蛙声和荷香,都只是路过
诗里的星星,睡在天空里,窗帘垂下细密的睫毛
灯火是会说话的,心上的她是柔软的

萤火虫,萤火虫,树叶儿晃动着
合欢树下,有让人脸红的悄悄话,不要去
等,蔷薇架爬满沾着露水的丝瓜花

如果,她的心跳,她的丝巾,她的白色长裙,都在月光里不
　安分
请用密密匝匝的吻,封锁今夜的消息

以上选自"女子丨诗坊"微信群

旧世界如何变成了新世界（外一首）

□马路明

山峰戴雪。
通往山间的路上,越过低矮的土墙,

伸出一根树枝——几朵桃花。

我想此前的世界不管被时间和万物使用得多么破旧，
此刻，因为一枝桃花，
它恢复了它的崭新和美好。

假使没有这一枝桃花，
仅仅只有我心中闪出的这个念头，
世界也会瞬息间焕然一新。
就像造物主刚刚把它造好，
等待被万物和时间使用。

土　豆

土地才是真正的劳动者。
我们不过是收获人。
回报简直太多了，
我们有点像不劳而获者。

每一粒种子，
都像高利息的本金。
秋天的收获，
远远超过我们的期望。

那头耕种土豆的牛已经卖了。
不然，看到这么多收获，
远远多于我们播种时的种子，

它一定和我一样非常高兴。

张掖湿地

□苏卯卯

万里无人。我愿独享
这无边寂静和空阔。我愿劝诱
清风吹醒无数披着绛红色的袈裟的小花
度我。

芦苇已经白头，个子最高的那个
是一袭长衫的书生。我和他合影、拥抱
又相互扫码微信，如同一对落难的
兄弟

我的方言，像极了被炉火烤糊的诗句。
一阕湖水的韵脚，在寒风的吹拂下
成为了被刻在张掖额头上的皱纹。

雪掩断桥。那些空中仙子裙裾的骨灰
遗落人间，就成为了一朵莲花洁净的内心
那些铺满禅机的小路

长满了从佛经中折返的蔓草
整个冬天，她将像一位披头散发的母亲

将爱的唇语

镌刻进大地的宁静。
我要从水中清洗一枚石头
让它如灵魂开悟的璞玉，或者明月一般
清凉而慈悲的镜子，照疼
我的恻隐之心

镜　　子

□万万

我相信镜子是有记忆的
它一定记下了很多个我
狂喜的我。悲愤的我
伤心欲绝的我
偷偷抿着嘴笑的我
咬着指甲认真思考的我
…………
镜子从未因此而沉重

我也是一面镜子
装满了你一闪而过的剪影
只因过多的水分
我的身体已经撑不起那重量
不断下沉，坠落

——即使我破碎了
每一个碎片里，都装着一个
完整的你

以上选自"平凉雅集"微信群

过古莲禅寺

□刘亚武

一粒古莲的种子，驮着一座寺庙
在水边修行

它在尘世的愿景或许是，将众生
变得同样秀颀、中空而洁白

钟声潮湿，暮鼓打滑。吴门沈周安在？
可曾完成剃度？

而我企望，借助一场夜色的掩护
混入你内修的法门

树影婆娑，灯火闪烁。由此我们懂得
黑暗和深渊的意义

明天早晨醒来
我会变成怎样一朵莲花

此际（外一首）

□夏杰

树枝乱颤，仿若存有万古愁
每片叶子都是一部苦难史
但风月无边，繁华也有说不尽的哀愁
所以，我坐在窗内
用一块玻璃投放下午时光
阴霾密布，重叠着仁慈的宽度与厚度
用于探究暮色被灯光
打乱成散章后的前世今生

梅　雨

时间的准确性令人诧异，如同饥饿和
某种声响。

我们看到透明的钉子在追赶根茎与绿叶
对于穿越泥土的勇气
他说：黑暗中饱含了许多秘密
就像非洲野生动物，大迁徙……

当我们联想到鳄鱼蓄势待发的眼神时
梅雨在窗户上看着我

钩

□江浩

一小块,经过伪装的铁
到了水里。水,便有了杀气

它不同于锚
锚有稳重,以及坦诚的秉性
虽然看起来,更像一只钩子

倒刺上,红蚯蚓在蠕动
它不停地,在水中打着问号

锚静静地,卧在泥里
水草在身边摇曳,它笃信
迟早有人救它,出水面

拽出水面的还有那只鱼钩
它不是被裹上新衣
就是正制造,一桩命案

以上选自"夏季风"微信群

夜　晚

□江非

夜晚了
我们将用眼皮将眼睛盖住
白天是细细的睫毛
我们将用黑亮的眼睛看自己和别人
一直到死
我们坐在灯下织毛衣
也将一点点中药织进去
一针一针，就如好好地记下那些从前的名字
我们将毛衣穿在身上，最里的一层
就如生者穿着死者的友谊
我们在旧的事物上睡着
在新的事物上流逝
有的旅途已经结束
更多的路途还没有开始，每一个
回家的人，都有一支曲子在为他伴奏
每一个坐在家里的人，都像一个误闯进客厅的人
那客厅，在别人的家里

风暴一种

□苏省

想起平原外你曾涉足的山峦
就抬首看云
黄昏时他们时常不近人情,脸色铁青

仿佛世间全部的苦厄就此升腾
游荡于我和神明之间
这诡谲的莽莽群山令我如此不堪、不甘

想起你我烈风般的爱恨仍令我羞愧
就无风可借。就等待群山
腾出尖锐罅隙,示我以闪电

无　咎

□弥赛亚

扫地的人
来到我们中间
使我们成为落叶的一份子

煮鹤的人
顺手煮了一壶好茶
邀请我们围炉夜话

极少的雪落在梅花上
更多的尘土覆盖在公共之地
焚琴的人望着火沉默不语

我们是说不出的话，流不出的眼泪
一生有迹可循，但无枝可依
十里之外，我们是自己的附庸者

小雪的冬天
客人结伴经过小城
行一段路，过一条河。众生匆匆，犹如枯鱼

孤雁儿

□杨键

我的命，悬在一张白纸上，
还从来没有出现在上面。

无论我的命怎样离奇古怪，
也无法在一张白纸上出现。

这一张纸还是白的、白的、白的、白的、白的,
如同骨灰盒里没有骨灰如同家里没有家如同心里没有心。

山河大地也不在白纸上,
只有你在白纸上。

烟　缕

□胡弦

运走玉米,播撒麦种。
燃烧秸秆,烧掉杂草、腐叶……
已是告别的时辰,
就像烟缕从大地上升起。

年月空过,但仍可以做个农夫,
仍可栽枝栽树,种菜种豆,
无所事事地在田埂上散步,让旧事
变得再旧一些。

种子落进泥土,遗忘的草就开始生长。
万物在季节中,爱有的耐心,恨也有。
但这是告别的时辰,每一缕烟
都会带走大地的一个想法,
并把它挥霍在空气中。

死于无声

□ 蓝 蓝

合法的大雾,合法的措辞
那么多隐匿的词汇
模拟着上帝的造物——

神秘莫测的气溶胶粒子
洁白的硝酸盐、硫酸盐
固体有机物闪闪发亮
你们的眼睛无法看见

化学是我唯一不及格的课程
应该向高中时的丁老师道歉!

重新写下这些分子式:
二氧化硫、多环芳烃、挥发性有机物
2000 倍电子显微镜寻找它们活泼的身影

护士端走了瓷盘,一堆黑色中
腐烂的癌肿——猩红的血液,绿色的脓

插进中年女画家肺里的引流管
正慢慢淌出山河的污血
医院里婴儿嘶哑的咳嗽

必定是大地的一道裂缝

支气管、肋骨上缘直至胸腔
手术刀在辨认鳞状癌、腺癌、肉瘤样癌……
从东北到华南,死神快乐地奔跑
巨大的烟囱在它嘴里喷吐滚滚浓烟
它喜欢新鲜的尸体胜于时间的献祭

堆积着燃油恶臭的胸膜壁层
动脉里到处是褐煤烧过的窟窿
胎盘里还有无脑儿、斜眼、萎缩的睾丸
——哦!黑色小东西,正在钻进你的鼻孔

幼儿园合理的放假
空气净化器合理的利润
忍受吧,要熟悉淘宝 3M—N9 口罩的型号
熟悉各种药材和飞往海边的订票程序
尽可能少炒菜,不要烧蜂窝煤
忍受吧,因为还没有轮到你——

……而这一次
死神将找到更多沉默不语的好人

挪用一个词

□张二棍

比如,"安详"

也可以用来形容
屋檐下,那两只
形影不离的麻雀
但更多的时刻,"安详"
被我不停地挪用着
比如暮色中,矮檐下
两个老人弯下腰身
在他们,早年备好的一双
棺木上,又刷了一遍漆
老两口子一边刷漆
一边说笑。棺木被涂抹上
迷人的油彩。去年
或者前年,他们就刷过
那时候,他们也很安详
但棺材的颜色,显然
没有现在这么深
——呃,安详的色彩
也是一层一层
加深的

北方那些蓝色的湖泊

□阎安

越过黄沙万里　山岭万重
就能见到那些蓝色的湖泊
那是星星点灯的地方
每天都在等待夜幕降临
那些只有北方才有的不知来历的石头
在湖边像星座一样分布　仿佛星星的遗骸
等着湖泊里的星星点灯之后
他们将像见了失散多年的亲人一样面面相觑
不由分说偷偷哭泣一番
我相信那些湖泊同样也在等待我的到来
等待我不是乘着飞行器　而是一个人徒步而来
不是青年时代就来　而是走了一辈子路
在老得快要走不动的时候才蹒跚而来
北方蓝色湖泊里那些星星点亮的灯多么寂寞
湖边那些星座一样的巨石多么寂寞
它们一直等待我的到来　等待我进入垂暮晚境
哪儿也去不了　只好把岸边的灯
和那些在巨石心脏上沉睡已久的星星
一同点亮

渺茫的本体

□陈先发

每一个缄默物体等着我们
剥离出幽闭其中的呼救声
湖水说不
遂有涟漪
这远非一个假设：当我
跑步至湖边
湖水刚刚形成
当我攀至山顶，在磨得
皮开肉绽的鞋底
六和塔刚刚建成
在塔顶闲坐了几分钟
直射的光线让人恍惚
这恍惚不可说
这一眼望去的水浊舟孤不可说
这一身迟来的大汗不可说
这芭蕉叶上的
漫长空白不可说
我的出现
像宁静江面突然伸出一只手
摇几下就
永远地消失了
这只手不可说

这由即兴物象强制压缩而成的
诗的身体不可说
一切语言尽可废去,在

语言的无限弹性把我的
无数具身体从这一瞬间打捞出来的
生死两茫茫不可说

我每天都想哭

□罗亮

我每天都想哭,无人能理解我
看到师父,小孩,看到鲜花,白骨精……我也想哭
最好的一批词汇我拿出来了,米饭,饭碗

看至三年前,三十年前,我也是
这样;至原点,极限,悬崖边,说到存在,我也不停下来
别管我,别管文字,别管脱缰
和乖乖的
马
病马,矫健之马的马蹄,马蹄莲,好丑的摄影技术

别管个人的历史(泥深的,泥泞得可以构陷马蹄的)

我层层展开,孔雀,洋葱,莲花层层展开

我知道，我的天，十分蒙古，十分青海，十分西藏，十分高原

每个人都有一座博物馆

□阿毛

左边的青丝，右边的白发
和中间的石子

你的室内有勾践、编钟
刀剑、针具、苦脸和蜜

有沙漏、竹简、羊皮卷
指南针和火药

你的胸中有酒樽、马匹
块垒、日月、山川和灰

有心脏和白色骷髅
有蝴蝶标本和黑暗居室

伪和平的射灯照着
啃过疆域、咬过界石的牙齿

荒漠上的奇迹

□李少君

对于荒漠来说
草是奇迹,雨也是奇迹
神很容易就在小事物之中显灵

荒漠上的奇迹总是比别处多
比如鸣沙山下永不干涸的月牙泉
比如三危山上无水也摇曳生姿的变色花

荒漠上还有一些别的奇迹
比如葡萄特别甜,西瓜格外大
牛羊总是肥壮,歌声永远悠扬

荒漠上还有一些奇迹
是你,一个偶尔路过的人创造的……

江湖宴饮歌

□孙文波

呆在家是修炼意志,出门是聚众吃喝,

在杯光酒影中,看见一个时代的风景:
美丽的颓废。我不反对颓废。我喜欢酒桌上
让灵魂高高翘起。身体的政治是:一个人
是诗人,一群人是混混。所以,我不说
我是一大群人中的一员,我不说共同的事业
支撑了我们的行为——写作,是孤独的事,
它首先与别人为敌,然后与自己为敌;
我早已知道我是我的敌人;年青时过去是
敌人,到了年老时敌人是未来——如果
在酒桌上谁向我谈论诗,他就是在向我谈论
战争——在酒的烈焰中,我看见血染大地。
或者说我看见朔风烈烈,漫天旌旗嘶鸣。

蜘　蛛

□西浔

夜晚,我摊开一张世界地图
准备研究人类文明的构成时
一只笔尖一样小的蜘蛛掉在了上面
我用手指轻轻地触碰它
它立刻缩成了一团
我用笔尖去挑它
它也立刻缩成了一团
我用嘴轻轻地去吹它
它又立刻缩成了一团

当我终于忍不住
想要用笔尖把它扎死时
一道细长的闪电从夜空划过
我立刻缩成了一团
回过神后
我看到整张地图上所有的板块
都缩成了一团,一整张白纸上面
只剩下一个笔尖一样的小黑点
接着,那只小蜘蛛从里面爬了出来

树上的鸟窝

□大连李皓

对于这些不结果的树木而言
鸟窝是唯一的果实

与那些没有鸟窝的树木相比
这多出来的重重的一笔
把一棵树的一生
描写得更加绘声绘色

而故乡终究是潦草的
一些探头探脑的鸟
它们无意间窥见了
村庄所有生老病死的秘密

它们居高临下的样子
多么像童年的我
向一只蚂蚁伸出了碾子一般
罪恶的食指

没有蚂蚁的村庄
一树鸟窝不比一户人家
更加寂寞

减　少

□轩辕轼轲

撸串时我减少了羊
可草原一点没有觉察
冲澡时我减少了水
可大海一点没有觉察
书写时我减少了树
可森林一点没有觉察
喝茶时我减少了普洱
可云南一点没有觉察
走路时我磨损了路
可我不是掀翻它的最后一辆货车
骑马时我压迫了马
可我不是压倒它的最后一根稻草

我切菜使青菜在减少
可更多菜农涌上了街头
我喝酒使泡沫在减少
可更多酒嗝涌上了喉咙
我用太阳能掠夺过阳光
可太阳的金币一点没有减少
我用刮雨器扫射过暴雨
可乌云的营房依然兵强马壮
地球减少成地球村
可村里的人还老死不相往来
白日减少成白日梦
可梦里的人还闹得鸡犬不宁
人的寿命在减少
可投胎的几率在增加
人的欢乐在减少
可哀乐的音量在调大
当人被火焰一把攥成骨灰
正在钻井涌出的原油
一点没有觉察

我只想静静地爱你

□张建新

静坐窗前片刻，雷雨声涌来，
手机拿起又放下，夜幕下

总有一扇窗口为你亮着，
因此，有些话显得多余

有时候，我希望我的心是
一小块菜地，有安静
承接雨水的能力，然后变幻出
绿的红的色彩，你躺在其间，
柔软地忘掉言词和沉默的伤害

我关注的东西不多，看起来
仍有简单的繁复，词语
虽然杀不了人，但可以影响
内心的风向，在你我之间
来回推送湖水的波纹

我们艰难度日，不由自主，
每朵花下都有小片阴影，
正视它的存在犹如认同
美的缺憾，也许这样会完整些

秋天深了，心若树叶
终究会慢慢老去、落下，
不同的是它会落在你的身边，
如我这样静静地爱你，
带着世界的一小部分不圆满。

上了年纪的老父亲

□梁书正

现在,他终于和身体里的豹子达成和解了
他坐在阳光中,面色安详,也不点烟了,不训斥了
他平和,没事喜欢抓一把米喂鸡
然后咕咕咕的和它们亲近
他抚摸它们羽毛的手是慈祥的
他叫唤的声音是温柔的
院落多么安静,阳光多么柔和
他和一只鸡蹲在一起,目光怜悯、低垂
仿佛他就是这世间万物的老父亲

地 铁

□宗琮

我居住的小区
紧邻地铁车站
每当有地铁穿城而过
我就觉得世界要被毁灭似的

特别是深夜

那声音清脆，刺耳
无论我多么辗转反侧
也无法读完一篇完整的小说
这城市一天比一天肥硕

臃肿、饥渴
我真担心有一天
一些人会挤不上那趟最后的列车

挤上车的人
也会在车轮与轨道的撞击声中
愈加惊恐
不知道中途会发生什么事情

甚至，有些人会担心
列车将奔向寒风凛冽的郊野
在那里他们将被再次洗劫
然后，两手空空回城打工

还有一些人
惊魂未定
上了车，又下来
一直在站台徘徊

这个冬夜
我这么想着，想着
感觉整幢楼
突然变成了开始启动的地铁列车

午　夜

□杨献平

两扇窗被我关闭，一道门
通往世界。一盏灯照亮眉头
我看到内心的夜色

在午夜我总想沉醉
镜中人，他为什么不快乐
有时候我一遍遍学孩子唱歌：
"秋风起，寒霜降，鸟做窝，人忧伤。"

散　步

□许敏

草木屏息。人间的大美
都被你一一收藏
只有天空，在平静的湖面
赶路，还镌着古老的纹身

湖畔，林深

草密。没有一丝血污

你走得那么慢,有时在喧哗的
日光下,有时在林木的阴影里
有时停顿,有时转身,在碎了的
时光里,风里。湖水清凉

松脂的清香,日浓
腐叶,湿润你的眼睛

那些野山栗,白蕨
都有草木的从容与孤独,也都留恋
俗世之美,一湖春水
被撞得七零八落,无法收拾

你来了,又走了,像无名
也像不会绝望的那枚松针

钟声不可追

□离开

你看到的斑鸠
就落在郊外空阔的菜地里
它有着一身淡红褐色的羽毛
它来回走动

尔后飞向高处
疑是儿时见过的那只
它带走的鸟鸣不可追

听说油桐花又开了
开在了你的城
花香不可追
全都落在庭院
落在你书写的纸上

你在江南
你的面影在水里荡漾
你走得那么匆忙
行囊里装满整个冬天的
忧伤

你想去一趟南山寺了
那就轻轻推开竹门
经霜的果子挂在高枝上
钟声入了云端
钟声不可追吧

没想到你真这么流氓

□ 江耶

我坐到邻村女孩孟小花旁边时
土坯支起的课桌刚刚转凉
门洞挤进的光只照亮一尺长的黑板
昏暗之中,小花像她的村庄在我眼里模糊着
这是第一年,我们上小学一年级

从二年级开始,我长个子小花也长
我和小花一起往后排挪座位
到三年级,同学们好像发现这个规律
很多人开着玩笑,把我们叫作"小夫妻"
我心里顿生甜蜜,小花人前人后不再搭理我一句

四年级时得了肺病的我回家休养
半年后回到学校,孟小花和全班同学
搬到学校最后一排,五年级是毕业班
老师管紧了。我靠着土墙晒太阳,向四周看
多少天了,也遇不到小花出来玩耍一次

我上五年级的第一天,走到小花村口池塘埂上
看到她蹲在塘堤上洗芋头,此后的每一天
她这个样子保持到我初中毕业,让我的一天无比踏实
我上高中离村的早上,鼓足勇气对她说,我喜欢你!

她把脸一捂,身子一扭,跑了,边跑边喊:
跟你认识九年了,没想到你真这么流氓!

北京最重要是要会挤地铁

□叶延滨

在北京做个屌丝最重要的事情
是和一千万人挤地铁
千万颗心随着地铁跳动
千万奋力,千万!

把吃奶的劲用出来
你成了挤进车门的最后一位
你是幸福的,你赶上了这一班
这一班因为有了你
改叫"幸福号"

在最后一秒钟
你后退一步关在车门外
你也很幸福,下一班"和谐号"进站
不用挤,人们会以拥护领袖的热情
把你推进车门。被推举被拥护
感觉真好!

时代的车轮总是滚滚向前

上一辈人说
再过二十年又是条好汉
而你不用二十年
只需两分钟,只花两块钱
就在地铁时代的浪头上
当一回弄潮儿

你和我都不是上帝
上帝不挤地铁,上帝在听汇报——
"那个小地球上的蚂蚁变懒了
他们钻进蜈蚣的肚皮里
在地下躲太阳!"

回我那个不长"谢"字的小山村……

□赵琼

前年春节,回村
碰到村子东头,正在
为坐月子的儿媳妇熬粥的王婶
当一碗滚烫的红枣米粥
赶走了我浑身的寒意,我将
像一碗米粥里的小米一样多的"谢"字
全都咽在了肚里

去年春节,回村
路过正在剥花生的李叔的家门
几大捧的花生仁,顷刻间
就塞满了我的衣兜,填满了我的嘴
嚼着香甜的花生仁,我把"谢"字
一颗一颗地嚼碎
咽进了肚里

今年春节,回乡的车票,就攥在手心
我将每天都要穿着的西装
以及这个"谢"字,全都叠放整齐
放进城市的衣厨里。
披一件乡音的棉衣,出发,回那个
生我养我,却从不让"谢"字
在口头上开花的
小山村……

雪压屋顶

□一弦

那一年,雪真大
压住屋顶,盖住炊烟
米仓是空的,父亲学风的样子打一声唿哨
把我们拢回屋里

按着空瘪的肚子做游戏,讲故事
火炉上的水壶滋滋作响
墙壁上的"馒头"冒着热气
母亲一声不响纳鞋底
弟弟妹妹欢天喜地

雪一下好多年,屋顶的积雪一直没融化
我们兄妹已各奔前程
父亲依然守着火炉
一个人喝酒,讲故事
偶尔抬头,窗外屋檐上
一排听得入迷的孩子,流着长长的鼻涕

我还是旧的

□梦天岚

小区里的香樟树正忙着换上新叶,
多好,还有那些刚刚抽出来的枝条,嫩得……
我跟在一场细雨的后面。
水泥板架设的小径发出"空洞"的回应。

三月快要过去,我还是旧的。
也是,天灰蒙蒙,连阳光都不看我,
我低着头,行色匆匆,
从一片阴影走进另一片阴影。

"属于你的春天再也不会回来。"
当我这样告诉自己,其实是在替年龄说出。
这也没什么,即使不说你大致也会知道,
一个怪人,似乎乐意待在自己的旧里翻东西。

没错,我要回到那些伤痛和绝望之前,
找到一台老式录音机和一盒卡带,
那里除少许杂音,只有一个婴儿醒来的哭声。

在海淀教堂

□王家铭

四月底,临近离职的一天,我在公司对面
白色、高大的教堂里,消磨了一整个下午。
二层礼堂明亮、宽阔,窗外白杨随风喧动,
北方干燥的天气遮蔽了我敏感的私心。
——我不确定自己是否用对了这些形容,
正如墙上摹画的《圣经》故事,不知用多少词语
才能让人理解混沌的含义。教会的公事人员,
一位阿姨,操着南方口音,试图让我
成为他们的一员。是啊,我有多久没有
参加过团契了。然而此刻我更关心这座
教堂的历史,它是如何耸立在这繁华的商区
建造它的人,是否已经死去,

谁在此经历了悲哀的青年时代,最后游进
老年的深海中。宁静与平安,这午后的阳光
均匀布满,洗净了空气的尘埃,仿佛
声音的静电在神秘的语言里冲到了浪尖。
这也是一次散步,喝水的间隙我已经
坐到了教堂一楼。像是下了一个缓坡,
离春天与平原更近。枣红色的长桌里
也许是"玫瑰经",我再一次不能确定文字并
无法把握内心。我知道的是,
生活的余音多珍贵,至少我无法独享
孤独和犹豫。至少我所经历的,
都不是层层叠叠的幻影,而是命运的羽迹
温柔地把我载浮。此刻,在海淀教堂,
我竟然感受到泪水,如同被古老的愿望
带回到孩童时。或归结了
从前恋爱的甜蜜,无修辞的秘密的痛苦。

鹅塘札记

□施茂盛

鹅在池塘里咳嗽,天气开始变坏。
出水的鲢鱼咬住波澜。垂钓者
在寂寥里啁啾,身子泛出蝴蝶斑。

天外隐藏着闷雷,雨水也是假的。

常有逝者飘过：这可疑的人呐，
哪里是他的尽头，哪里有他边界？

荷叶吻合了新月的胸廓。从这个
高度，午夜有回旋的结构，树梢漏下
发烫的星子，寂静接近晕眩。

一条小径，稀疏地洒落几颗鸟粪。
鸟群倦伏。离此三公里，疲惫的白虎
喑然，在黏稠的呼吸里融化。

逝者尽管飘过。暴露在他身体外的
拥抱的姿势，披覆在鹅塘湖面。
时间愈不像它了，塌陷的宇宙也是。

感觉蓬松的鱼线传来痉挛。
一株陆生植物的臀部开始收拢，
在所谓的歉意淤泥般包裹雀舌的彼夜。

有人似乎天生就是为了传播美名。
但我真的看见卵石沾满古老的
冷意：一把斧斤，抵近蓄势的鹅塘。

这是一天中最寂静的时候

□宋烈毅

一天中,傍晚是我
最不想说话的时候
我也说不清楚为什么是傍晚
而不是别的时候,一天中
只有在傍晚才会有一群
不知从哪里冒出来的野孩子在这里打水仗
他们用手中的水枪互相喷射
暑假是他们最快乐的时候
外面水雾弥漫,吵闹异常
但我感觉这是一天中
最寂静的时候,当一些人在这傍晚
从家里走出来
安安静静地看画在楼房上的粉笔画
我开始淘米、烧饭,然后用
淘米的水浇花
打水仗的孩子和我,我们都用水
纪念了这个傍晚

对一个小土丘的痴望

□一苇渡海

它了解我,胜过我了解自己。
它知道我从哪里来,往哪里去。
它懂得我的矮和小,不等于猥琐、自怜。
它懂得我继续的矮和小,
不等于厌倦、自弃。
几十年,它代替了我孤寂的身影,
扮演了我浑茫的表情。
现在它清晰地表明了我:
放弃耸立的恶念,归于心灵的平坦。

葵花街的游戏

□小西

葵花街没有葵花
树也少见,鸟也少见。
葵花街有店铺,一间连着一间
肉铺,丝绸铺,糕点铺,铁匠铺和当铺
在寿衣铺与花圈铺之间
是棺材铺。

那时曾祖父还小
经常和棺材铺老板家的儿子捉迷藏
有时藏到寿衣宽大的袍子下面
有时躲到花圈后
有时躺到棺材里
运气好的话，棺材是檀香木或者楠木的
曾祖父迷恋那些精致的雕刻和木头的香气
会憋住笑声，多呆一会儿。
但大多是杉木的
常常刚爬进去，就有人哭着来取。

多年后，他们各自娶妻生子。
先是老板的儿子，在买木材的路上
被一场齐腰深的大雪藏起来。
再后来，油尽灯枯
曾祖父最后一次把自己藏进棺材。
可我知道，游戏还在继续

朗　读

□阿雅

一开口，你会发现
很多事物正在走远

你读到风,读到它的无拘
但你读不出,风起程时
青草刚刚睁开的眼睛里的蓝
鸟儿们正收拢翅膀,小心翼翼地
躲避着人类
一些相逢错过了佳期

你读到城市,读到一个人与影子的空
但你读不出旋转、秘密
车水马龙的街头转角,被碾扁的
美梦、挣扎
深爱一个人,又必须远离的一声叹息

你路过一些事物:河流、闪电、花开花落
太快了,短暂的停顿远远不够
欢爱的另一种相逢,那些幸福的针
需要用疼痛去慢慢打开

在梅尔顿·莫布雷的孤独

□吴友财

在这座英格兰腹地的美丽小镇
异乡人为什么会孤独呢?
火车一到下雪天就晚点
天空还保留着创世纪时候的蔚蓝

街道上不仅有酒鬼和酒瓶
还有刺猬和狐狸
他们一起
构成了小镇夜晚的全部内容
教堂是所有居民的原乡
他们在这里祈祷内心的平静
和遇见一个人以后的幸福
直到他们中的其中一个
从这里离开后再也无法回来了
祈祷也不会停止
夏季是最美好的时光
青草地在生长
几百年的石头房子也在生长
松鼠也在生长只是你看不见
南来北往的车辆和游客也在生长
你也看不见
你看见了什么呢?你这个异乡人
难道是孤独吗?
在这个宁静而美好的上帝的果园里
休憩的人为什么会孤独呢?

太古宙:岩群之诗

□孙大顺

有什么是时间看不到的,从塔里木变质区到华北变质区

用旧了的叫废墟。不老的光阴,在无边的世界打坐
无声无息,借助一切美好的翅膀,煽动着汹涌的能量

有什么是空间不能安置的,从阿拉善岩群到康定岩群
当岩石在地球上散步,心不在焉的大陆架
疼痛的骨骼粗具雏形。混沌的月光下
身患忧郁症的大海,藏起宇宙的祝福

古老的傍晚,汉语中的岩群多么孤独。火山停止喧哗
太空中旅行的陨石睡着了。寂静的天幕上
悬挂着点点微弱的星辰。在这个沉默转动的星球上
岩石的心跳就是大地的哭声。磨损着薄薄的地壳
呼唤着细菌和低等蓝藻,给感冒发热的太古宙退烧

每一个黑夜,都孕育着一块岩石。疼痛来自诞生
辽阔来自太阳系短暂的沉默。没心没肺的云朵看见了
岩石。大地最坚硬的精灵。它的宿命与苍茫
释放着粗粝的笨拙之美,就要关闭天空的蓝
现在,那块从我赞美中逃脱的沉积岩
在纸上奔跑是危险的。一只啮虫轻易地咬断它的骨骼

整个下午,他都在擦着那块玻璃

□姚彬

我一直在想,他是否要把那块玻璃擦成无

这是一块不到一个平方的窗玻璃
里面有飞鸟的影子，有磨刀大爷的吆喝
有少年在里面诵读，有情侣在里面低吟
有屠夫鼓起的牛卵子一样的眼睛
有悍妇汹涌的波涛
有普拉斯的自白，有金斯伯格的嚎叫

我一直想，一个瘸腿的从少年走到中年
为什么要以一块和他相依为命几十年的玻璃为敌
如果要彻底打败它，一锤就会取得胜利
为什么要用一块柔软的棉布去对抗

整个下午，我都在看他擦那块玻璃
仿佛是他在用一块铁砂布擦着我的身体
有时溅起冷冷的火星

鸥　鹭

□西渡

海偶尔走向陆地，折叠成一只海鸥。

陆地偶尔走向海，藏身于一艘船。
海和陆地面对面深入，经过雨和闪电。
在云里，海鸥度量；
在浪里，船测度。

安静的时候,海就停在你的指尖上
望向你。
海飞走,好像一杯泼翻的水
把自己收回,当你偶尔动了心机。

海鸥收起翅膀,船收起帆。
潮起潮落,公子的白发长了,
美人的镜子瘦了。

一队队白袍的僧侣朝向日出。
一群群黑色的鲸鱼涌向日落。

高河镇

□扶犁

一只出巢的鸟,叼走春天的谷粒
阳光便从瓦屋顶上滑落下来
冬天的风很冷,泪水不再奔跑

门前的草垛,只有几只麻雀喳喳的叫着
耳熟能详的方言,打开了聊天中的表情
灿烂如花的笑,天空亮起一角

高河镇的身影,便在触摸里闪了一下
带动所有的人和事。细节的根部

只有泥土在拽起的努力中与时间胶着

我的父亲母亲,田野中骄傲的庄稼
衣食无忧的温暖里,当我抬头
另一端的心跳却让我牵挂如藤
缠住高河镇朝霞中如丝如缕的炊烟

太史公祠墓

□汪剑钊

漩涡形的磨盘石,咿呀复诵
无韵的离骚,坑洼的古道
犹如坎坷起伏的典籍。拾级而上,

登顶,迷雾挡住目光的归宿;
蒙古包的墓茔依崖而立,缠绕
八卦图的锦缎,抻开苍柏的遒劲。

一个名字奠定一座城池的底基,
绝不是数学的逆向运算,
更非夸大其词的谎言,而是

诗的风骨和历史的铁马金戈。
野槐花开遍山坡,写《列传》的人
早已化作《本纪》,怀抱哽咽的水声。

苦难的结石酝酿成不屈的铜铃铛，
采灵芝的皇帝最终渴死在权力的黄河，
遭阉割的太史公却繁殖了文字的子嗣。

哑嗓子吼出西北的苦谣曲：
黄河的水干了，
老旧的河床遂托起新的地平线。

山中一夜

□蒋浩

风在狭长过道里徘徊，
像水桶碰触着井壁。
她说她来取我从海边带来的礼物：
装在拉杆箱里的一截波浪，
像焗过的假发。
她要把它戴上山顶，植进山脊，种满山坡。
窗外一片漆黑，也有风
一遍遍数落着长不高的灌木。
偶尔落下的山石，
像水桶里溅出的水滴，
又被注射进乱石丛生的谷底。
那里的昆虫舔着逼仄的星空，
怎样的风才能把浅斟低吟变成巍峨的道德律？

山更巍峨了,仿佛比白天多出一座,
相隔得如此之近,
窗像削壁上用额头碰出的一个个脚印。
墙上的裂纹,是波浪走过的路,
罅隙里长出了野蒺藜。

在上海申报馆旧址

□刘频

在上海申报馆旧址,一楼
是改造成的现代茶餐厅
我落座在一个偏角位置,像电影里
的地下党,等待着一个接头的上线
我在穿越世纪画面的等待里
捋一捋被外滩的风吹乱的头发
我甚至想象着一声破空的枪响
猝然染红明早的沪上报头

但上世纪四十年代戴礼帽的那人
他不会来了。我也没看见义愤的记者
在老式的版面里进进出出
我只是一个外省旅游者,随意逛到这里
我只是饿了,装成一个有身份的人
保持着对美食的耐心和矜持。在东张西望里
我甚至异想天开偶遇一场上海滩式的爱情

我看见一个个嬉笑的食客
像一条条金鱼,穿透茶餐厅的玻璃门
邻座的一对时尚小阿拉,你侬我侬
时而夹杂一两句低声的争吵
我想,如果他俩是当年伪装情侣的特务
那也好,让我在饥饿中保持着一种警惕
但他们不是
他们在谈论着房子,股市,旅游,婚期

当服务生俯下身来递过菜单时
我点了一份西式套餐,再加一份《申报》
他抱歉地说,《申报》,确实没有

对岸,那束光

□蒋康政

那束光毛茸茸的,像新生
行走,那束光在缓慢行走,子夜也是
一大片高的寂静和低的黑暗,储藏着
它全部的未来时光。天空高远
却眷顾万物。比如,它让星子们跟那束光
一再重逢,银河之光和尘世之暖
都同时得到确认

临河而居。我期盼那束光涉水而来
带来一条河流的荣辱和生死

十 年

□孤城

哪儿也不去
什么也不干
十年了。只在一个叫作"仙境"的地方
把独自的寂静
打磨得
彻骨薄凉:一朵昙花,拓印在瓷片上

是的,十年时间,足够让一块好铁,慢慢老去
面露愧色
足够落寞幽思
滴穿石头
十年时间,你虚无
你无声无息
在清风在月光在流水在记忆在心灵之上
镌刻过往逝梦的余香

十年里,我在人群里时有发现
又不断失望
十年里,足够把一些人和事慢慢看成空气

在眼前出没
我已经用伤口
原谅了刀光

"在生存与文字之间寻求平衡"
十年了,颓然喝下的酒,再没有一瓶是
你拎来的
秋风又起,落叶四散。我在十根琴弦的颤音里
平衡一颗流星颠覆的尘世
这一次,我没有你说的那么游刃有余

十年
十年
十年……
这样的叠加,无异于寂地雷霆——
佳人令妆镜起皱
暗疾剥出行走的白骨

鸟儿在深林冷不丁啼叫。若寂寂十年,桂香里
落定一枚棋子
云淡天高,遍地暮色
都是佛的眷顾
默然相对。容我站在落日左边,为你写一次:10……
——黑白磨人,十年为记。能写几次
就写几次

旁注之诗（组诗）

□王家新

阿赫玛托娃

那在1941年夏天逼近你房子上空的火星，
我在2016年的冬天才看见了它。
灾难已过去了吗？我不知道。
当我们拉开距离，现实才置于眼前。

帕斯捷尔纳克

他写了一首赞美领袖的诗，
事后他也纳闷：
"鬼知道它是怎样写出来的！"

米沃什

一只野兔在车灯前逃窜
它只是顺着那道强光向前逃窜
看看吧，如果我需要哲学

我需要的,是那种
能够帮助一只小野兔的哲学

曼德尔施塔姆

你着了魔似的哼着"我的世纪,
我的野兽",
你寻找一只芦笛,
但最后却盗来了
一把索福克勒斯用过的斧头。

叶 芝

从前我觉得你很高贵,
现在我感到造就你的,
完全是另一种魔鬼般的力量。

但 丁

不是你长着一副鹰钩鼻子,
是鹰的利爪,一直在你的眉头下催促。

维特根斯坦

在何种程度上石头会痛苦
在何种程度上我们可以说到一块石头疼痛
但是火星难道不是一个痛苦的星球吗
火星的石头疼痛的时候
你在它的下面可以安闲地散步吗

辛波斯卡

她死后留下有一百多个抽屉：
她使用过的各种物品，
收集的明信片，打火机（她抽烟）
手稿，针线包，诺亚方舟模型，
护照，项链，诺奖获奖证书，
但是有一个拉开是空的。

诗歌论

□白鹤林

清晨街道上，见一老妇人
背两扇废弃铁栅门，感慨生活艰辛。

夜晚灯下读诗，恰好就读到
史蒂文斯《人背物》，世事如此神奇。
难道诗歌真能预示，我们的人生际遇
或命运？又或者，正是现实世界
早先写就了我们全部的诗句？
我脑际浮现那老人满头的银丝，
像一场最高虚构的雪，落在现实主义
夜晚的灯前。我独自冥想——
诗歌，不正是诗人执意去背负的
那古老或虚妄之物？或我们自身的命运？
背门的老人脸上并无凄苦，这首诗
也并无须讨厌和虚伪的说教，
（像某些要么轻浮滑稽，要么
开口闭口即怨天尤人的可笑诗人）
我只是必须写下如下的句子：在我回头
看老妇人轻易背起沉重铁门的瞬间，
感到一种力量，正在驱动深冬的雾霜，
让突然降临的阳光，照澈了萎靡者的梦境。

看电影

□羽微微

一个小男孩在电影中被打死了
你又能向谁说呢
他又不是真的死去

他又不存在。没有一个他为了逃避
一颗子弹,那样奔跑
拉着你的心那样,飞快地掠过大街
磨擦着石子,让你摔在地上
啊,那些不存在的事物
让你痛苦,让你寻找愿意倾听你的人
让你想诉说和哭泣
而倾听者并不存在。他们沉默
他们从座位上站起,转身离去

月　光

□钱利娜

把我当成一片叶子,像前世的一条道路
在你心中卷起
把你的嘴唇放在上面
就能吹出一个曲子
叶片的每一次颤抖
就长出一个音符,每一个音符
都是她为自身弯曲的囚徒
音符长出绿色的房屋、桌椅和床榻
你称之为家园。也长出退缩的云
拧出暴风雨
在雷电撕裂伤口之前,沐浴我们的月光
像一个静悄悄的房间

仿佛重拾的天堂
还没来得及破碎

一头牦牛走上了拉萨的街头

□鹧鸪

一头牦牛走上了拉萨的街头
它没有遵守交通规则视斑马线为无物
它就是这样随便走走
人群要为它让路车流也要为它让路

四月的拉萨四周的山坡已经长满了青草
它却为何走上了拉萨的街头
还把所有的规矩和世俗统统踩在脚下

在西藏那么多人在诵经那么多人在转动经筒
这头牦牛却是另类像一个远离寺院的
喇嘛

书,记忆,镜子和她

□戈 多

一本书,从诞生到翻阅
这些都不是它的选择
所有的快乐、忧伤、苦难和幸福
都不是它的,它只是一个旁观者
复述者,或者只是一面镜子
里里外外,照留着别人的真假和命运

如果记忆只是一个词语
它不会比一片叶子坠入泥土的时光更长
那个傍晚里的春天,梦想,和翅羽
离一面镜子有多远,就离一个人有多近
一本书敞开扉页,看着,爱着,战栗着……
带着爱,冲动和满足,翻动着反复奔跑的风光

一本书不只是词语,故事和镜子
一本书是一个花园,这里有她所有细枝末节的美
当她醒来了,她就是黎明
当她睡着了,她就是黎明未到之前的黎明
我是有福的,在时间老了之前,还来得及
坐在灯影里被她捕捉,此刻我是唯一轻唤她名字的人

以上由中国诗歌网供稿